JN167361

ブライト・プリズン

学園に忍び寄る影

犬飼のの

white heart

講談社X文庫

目次

薔《しょう》
高等部三年生。元剣道部のエース。神子であることを隠している。
常盤《ときわ》
竜虎隊隊長。極道の血を引く教団御三家、西王子家の嫡男。
ブライト・プリズン
学園に忍び寄る影
BRIGHT PRISON CHARACTERS
登場人物紹介

茜《あかね》

高等部三年、翡翠組。贔屓生二組所属。快活なムードメーカー。

剣蘭《けんらん》

高等部三年生。元水泳部のエース。要領がよくマイペース。

木蓮《もくれん》

竜虎隊第一班の隊員。南条家の榊に従っている。

青一《せいいち》

雨堂青一。常盤の主治医で、極道と繋がりのある天才彫師。

葵《あおい》

教団幹部。御三家の一番手とされる、北蔵家の嫡男。

イラストレーション／彩《あや》

ブライト・プリズン

学園に忍び寄る影

プロローグ

白く高い塀に囲まれた牢獄《ろうごく》、私立王鱗《おうりん》学園——淫縦《いんじゅう》な龍神《りゅうじん》を祀《まつ》る宗教団体、八十一鱗《くくり》教団が運営するこの学園は、三歳児から大学生までを擁《よう》する全寮制の一貫教育校だ。

児童、生徒及び学生は、信者の許《もと》に生まれた男子に限られている。

学園の教育方針により物心つく前に入学させられた子供達は、人の子ではなく神の子と位置づけられ、竜生童子《りゅうせいどうじ》と呼ばれて平等に育てられていた。

入学前の記憶を消去或《ある》いは改竄《かいざん》され、徹底した管理体制により出自を隠されたうえで、教祖から与えられた竜生名を使って生きる。

世間から隔絶された環境で育てられた少年達は、高等部三年生から選出される贔屓《ひいき》生を目指すことを求められ、さらにそこから特殊な儀式を経て、龍神の神子《みこ》に選ばれることが最高の出世とされていた。

1

九月五日、早朝――半年に一度開催される中高合同の文化祭を明後日《あさって》に控え、中央エリアは色めき立っていた。

一般生徒はもちろん、贔屓《ひいき》生の八人にとっても文化祭は楽しみなものだ。

情報漏洩《ろうえい》や怪我《けが》を負うのを避けるため、部活動を辞めさせられた挙げ句に授業中以外は隔離されている贔屓生だが、文化祭では参加型の催し物がある。

一般生徒の中から、抽選で当たった生徒だけが入店できる模擬店を開き、当選者を持て成す店員役を務めることになっていた。

「和服姿で甘味処《かんみどころ》ってのもいいけど、やっぱカフェにして正解だったよな」

贔屓生宿舎一階の和室で、カフェに一票を投じた剣蘭《けんらん》が得意げに言う。

続いて茜《あかね》が、「うわ、生地もいいし最高じゃん！」と、衣装箱を手に歓声を上げた。

茜は今日も茜色の髪を編んだり捩《ね》じったりしていて、贔屓生の誰よりもファッションに思い入れがあるのがわかる。

甘味処に票を投じて負けた面々は、衣装の支給のために朝から集められたことに文句を言っていたが、衣装箱を開けた途端に目の色を変えていた。

何しろ王鱗学園《おうりん》の生徒は私服を持たず、着る物を選択する余地はほとんどない。珍しい衣服に盛り上がるのも無理からぬことだった。

「薔《しょう》はMサイズを細身に調整してもらったんだよな？」

「ああ、茜も同じだろ？」

「うん、Sじゃ丈が足りないし。剣蘭はLだって。身長は大して変わんないのに、体格差あり過ぎ。さすが元水泳部だよ」

「剣蘭の肩幅は凄《すご》いよな」

茜と薔が話している横で、白菊《しらぎく》が「XSは僕だけかなぁ」と呟《つぶや》く。

白菊は小さくて可愛《かわい》いんだからいいじゃないか——と言いかけた薔は、もし自分がそう言われたら嫌だったので言葉を引っ込めた。

白菊は小さく儚《はかな》げで、黒目がちな目が大きく、十八歳にはとても見えない。

直毛の黒髪や白い肌が日本人形《にんぎょう》を彷彿《ほうふつ》とさせるが、それでも男には違いないのだ。

「大事なのはバランスだって」と、茜がフォローすると、白菊は嬉《うれ》しそうにはにかむ。

「ここは騒ぐ場ではないぞ、静粛に」

騒々しくも和やかな空気が漂う中、パンッと手を打つ音が響いた。

贔屓生宿舎に衣装を届けた竜虎《りゅうこ》隊員の一人が、特にテンションの高かった剣蘭、茜、桔梗《ききょう》、青梅《おうめ》の四人を順番に睨《にら》み据える。

「模擬店用の衣装に不足がないかどうか、この場で確認しなさい。不足がなければ部屋に持ち帰って試着すること。問題があってもなくても衣装は一旦《いったん》回収する。きちんと畳んで箱に戻し、朝食時に持ってくるように。無論、それを着て部屋から出るのは厳禁だ」

貫禄《かんろく》のある隊員に、「いいな」と念を押され、全員が「はい」と答える。

薔は少しの期待を胸に抱きつつ、確認のために自分の箱を開けてみた。

イベント事にはあまり関心がないが、それでも衣装は楽しみだ。

トレーシングペーパーのような白い紙をめくると、シャツとエプロンが並んでいた。

別の箱には、制服の革靴とは違うデザインの靴が入っている。

いわゆる、ギャルソンに成りきるための衣装セットだ。

——こういうの……俺より常盤《ときわ》の方が断然似合うだろうな。飲食店でのアルバイト経験とかなさそうだけど、珈琲《コーヒー》とか丁寧《ていねい》に淹《い》れてたし、とにかく器用だし、その気になったら上手《うま》くやれそう。必要に応じて凄い演技力を発揮するから、ちゃんと愛想よくして、看板娘の男版みたいになりそうだ。

薔は漆黒《しっこく》のエプロンの表面を撫《な》でながら、「いらっしゃいませ」と言って微笑《ほほえ》む常盤のギャルソン姿を思い描く。

学園を管理する竜虎隊の隊長であり、教団御三家の一つ、西王子《さいおうじ》家の跡取り息子として次期教祖候補に名を連ねる常盤は、薔の育ての兄で、剣蘭の異母兄に当たる。

この場で着替えそうなほど喜んでいる剣蘭の横顔を見ていると、常盤がギャルソン服を着た時のイメージがはっきりと固まった。

二人の間には約十センチの身長差があるものの、血の繋《つな》がった兄弟だけあって、水際立った美貌《びぼう》やバランスのよいスタイル、ふとした時に見せる表情がよく似ている。

「贔屓生カフェに、常盤様も来てくれるといいな」

各自が衣装箱を手に和室を出たところで、薔は茜に囁《ささや》かれる。

模擬店の話を聞いた時から、薔も考えていたことだった。

普段とは違う恰好《かっこう》をしているところを、常盤に見てほしい気持ちはある。

しかし実際には難しい話だ。竜虎隊は学園中の羨望《せんぼう》を受け、時には畏怖《いふ》されるエリート集団で、学生や生徒を管理する立場上、威厳を保たなければならない。

文化祭の最中に校舎内で隊員を見かけることはあるが、それは祭りに浮かれて羽目《はめ》を外す違反者を取り締まるためであって、催し物を愉《たの》しんでいるわけではないのだ。

「贔屓生カフェは抽選だし、生徒に交ざって常盤が来るとか……ないだろ」

「確かにそれはないだろうけど、プレミアムタイムに来てくれる可能性はあるかも」

「プレミアムタイム？　そんなのあるのか？」

「あ……そうか、薔は投票時に入院してたから詳しいこと聞いてないんだよな」

建物の両端にある階段のうち空《す》いている方を選んだ薔と茜は、そのまま二階に向かう。

茜は踊り場で足を止め、本当に踊りだしそうなほど軽快な仕草で衣装箱を持ち上げた。

「贔屓生は秋の文化祭で、和服を着て甘味処をやるか、ギャルソン服でカフェをやるのが毎年お約束になってるだろ？　……で、どっちも甘い物を提供するから、甘味不足な我が校の生徒の大半は来たがるし、贔屓生の人気もあって来店希望者は物凄い数なんだ。でも実際に来店できるのはごくわずかで、希望者の中から龍神《りゅうじん》の覚えが目出度《めでた》い生徒にだけチケットが当たる。つまり運任せの抽選ってわけ」

「そこまでは、なんとなく知ってる」

「薔は抽選に参加したことある？」

「いや、特に興味なかったから」

「そうだろうと思った。因《ちな》みに、当たるのはペアチケットで、好きな先輩とか後輩とか、友達とか誘えるんだ。当たったら自慢できるし、一時的に凄くモテる。……で、それとは別にプレミアムタイム招待状っていうのがあって、これは抽選じゃなく、一部の教職員に日頃の御礼《おれい》として配られる物なんだ。初日の正規オープンの前に一時間だけ設けられる、教職員のためのプレミアムタイム限定で使えるようになってる」

「その時間帯に竜虎隊員も来るってことか？」

「そうそう、贔屓生と竜虎隊員には密接な繋がりがあるし、誰かしら来るって噂《うわさ》だぜ」

「……そう、なのか」

常盤が模擬店に来る可能性に浮かれたい薔だったが、その実、茜が口にした「聶屓生と竜虎隊員には密接な繋がりがある」という言葉に歯止めをかけられていた。

聶屓生は、月に一度の降龍の儀で竜虎隊員に抱かれなければならない。

儀式の際に憑坐《よりまし》と呼ばれる役を務める隊員は、原則として毎月代わり、聶屓生は、特に誰というわけではなく竜虎隊そのものと密接な繋がりを感じるのが普通だった。

ただし隊長である常盤の裏工作によって、薔は常盤以外に抱かれずに済んでいる。

常盤の弟の剣蘭に至っては、過去の儀式すべてを添い寝で済ませてもらっているため、男に抱かれた経験が一度もなかった。

しかし茜は違う。特別扱いを受けず、好きでもない隊員に毎月抱かれている。

茜はつらそうな素振りを見せないが、儀式を嫌がっているのは確かだった。

そんな茜の前で、常盤が来てくれたらいいなと、期待できる道理がない。

自分だけの幸せは心地《ここち》好いばかりのものではなく、いつも後ろめたさを伴う。

そのうえ薔は、茜に言わなければならないことを言えない日々を送っていて、埋めたい溝を埋められずにいた。早くしなきゃと思いながらも、踏みきれない状態が続いている。

「常盤は、来ないと思う。隊長が遊んでたら示しがつかないだろうし」

来てほしいけど来なくていい。望んじゃいけない――薔は、自制を籠《こ》めて言葉にする。

「そうかな？　常盤様はこの学園の卒業生じゃないし、それを理由にこれまでの隊長とは違うことができそうだけどな。学園のイベントに慣れてないから見学を兼ねてってことにすれば、贔屓生カフェでお茶飲むくらい余裕だろ？」

暗に「こういう感じで誘いなよ」と言っているのがわかり、薔はいささか焦る。

茜は、薔が神子《みこ》でありながら、それを隠す陰神子として生きていることを知らないが、その一方で薔が常盤に恋心を抱いていることは察していた。

それを周囲には洩《も》らさずに、応援する立場を取ってくれている。

──目がキラキラして、楽しそうで……本気で言ってるのがわかる。

茜を見ていると、自分の判断が間違っていたことに気づかされた。

望みのまま正直な気持ちでいる方が、茜は喜んでくれるだろう。

つくづくわからない感覚だが、茜は、好意を持った相手が自分と関わりのないところで幸せになっても喜べる人間だ。その優しさを信じて素直に甘えるのが誠実で、無理に気を遣《つか》って本音を曲げることは不誠実に思えた。

「まあ……来たらいいな……とは、一応少し思うけど、どうなるかわからないし、来るか来ないかは考えないでおく。それより俺は、接客とか色々できるか心配だ」

「接客？　それなら全然問題ないって。マニュアルがちゃんとあるし、贔屓生カフェとは言っても実際はパティシエの指導が入って、調理部が用意してくれるんだから楽勝だよ。俺としては店内の装飾とかメニューのデザインとか、もっと色々やりたかったのに」

「そういうのは誰がやるんだ?」

「プロのデザイナーとして活躍してる卒業生と、初中高の美術の先生達がやるらしいぜ。贔屓生カフェが拙《つたな》い出来だと名折れになっちゃうから、気合たっぷりの本格仕様」

「なんか、思ってたより凄いんだな。ますます接客が……」

「大丈夫。薔に『いらっしゃいませ』とか言われたら、誰でもキュンとくるから。上手くやるより、ちょっと緊張してるくらいのがキュン度上がると思うぜ」

「キュン度ってなんだよ。なんか気持ち悪い」

「気持ち悪くない! ときめきは大事だって」

衣装箱を掲げて力説する茜を見ていると、薔は思わず笑ってしまう。

茜の想《おも》いに応《こた》えることはできないが、友人としては大好きだと思った。

だからこそ余計に、できてしまった溝を埋め、茜との友情を固めたくなる。

──なるべく早く言おうと思ってるのに、なんとなく言いだしにくい。

今から一ヵ月と少し前──薔は懲《ちょう》罰房《ばつぼう》を出たばかりの茜に性的な意味で襲いかかられ、抵抗の末に絶縁を言い渡した。しかし二人の友情は壊れず、修復されて今に至る。

いまさらあの一件を蒸し返さなくても穏やかに過ごせるが、薔には、黙っていられない想いがあった。茜に対し、「あれは椿《つばき》さんの仕業で、お前は何も悪くなかった」と伝え、謝りたくて仕方がない。そのくせ機を逃し、真相を知ってからすでに三日が経《た》っている。

「薔が着替えたとこ見たいけど、部屋に入るわけにもいかないしな……残念だけど当日の楽しみにしておく。じゃあ、朝食の時にまた」

何も言いだせなかった薔は、「ああ」とだけ答え、二階で暮らす茜と別れる。

今は時間的な余裕もなく、朝に話すことでもないのでやむを得ないと思ったが、三階に向かいながら茜の言葉を反芻《はんすう》した。

——部屋に入るわけにもいかないし、か……。

さりげない一言が胸に刺さる。ずきずきと疼《うず》くほどだった。

王鱗学園では同性愛行為を固く禁じているため、他人を部屋に入れてはいけない規則がある。茜の発言は、当然と言えば当然のものだ。

しかし茜は規則を真面目《まじめ》に守るタイプではなく、自分のファッションセンスに従って、制服のパンツを細く改造したり、髪型にしても、教師に注意されることもあるほど派手に装ったりしている。違反常習者として、以前から悪目立ちしていた。

そんな茜が口にする「部屋に入るわけにもいかないし」という言葉は、二人きりの時に薔を襲った罪悪感や反省があるからこそ、出たものなのかもしれない。

——ちゃんと言わなきゃ駄目《だめ》だ。椿さんにも色々と事情があったんだろうけど、たとえ椿さんを悪者にしてでも、茜の気持ちを完全に晴れさせたい。そのうえで俺は、茜を信じなかったことを謝るべきだ。

茜に催淫剤《さいいんざい》を飲ませて薔を襲わせるという、椿の犯行は許し難《がた》いものがある。

けれども椿に対する怒りと同じくらい、自分に対する怒りがあった。

薬で理性を飛ばされるような状況でなければ、茜があんなことをするわけがないのに、一方的に非難して茜を遠ざけた。

幸い、椿の悪意に負けずに仲直りできたものの、「許した者」と「許された者」という関係になってしまい、茜は以前より遠慮しているところがある。

表面上は平らに見えても、実際には少しの溝が残っているのだ。

その溝を埋めたかった。埋めて均《なら》し、固めたところで、茜が無理やり踏み込んでこないことはわかっている。心から信じられるからこそ溝をなくして、一点の曇りもない、晴れやかな笑顔を取り戻したい。

「薔、ちょっといいか?」

茜のことを考えながら三階まで上がると、誰もいない廊下で呼び止められた。

剣蘭がいつになく声を潜めている。部屋の扉を少しだけ開いて手招きしていた。

三階には部屋が三つあり、贔屓生一組の薔と剣蘭、白菊の部屋が並んでいる。

——剣蘭……なんの用だ? あんなに喜んでたのに試着もしてないし。

自室の前を素通りした薔は、あえて声を出さずに剣蘭に近づく。

白菊には聞かせたくない話があるんだと思った。

「お前に訊《き》きたいことがある。入ってくれ」

やはり小声で話す剣蘭に従い、周囲を見回してから部屋に入る。

他人を部屋に入れることも入ることも違反だが、神子であることを隠すという最大級の違反行為に手を染めている薔にとって、これくらいのことは抵抗がなくなっていた。

「何かあったのか？」

広々とした一間の部屋で、薔は室内を軽く見渡す。

衣装と靴の箱をどこかに置くべきか迷ったが、そのまま抱えていた。

剣蘭の部屋は自分の部屋と大して変わらず、おかげで居心地は悪くない。

弧を描くカーテンで飾られた瀟洒《しょうしゃ》な窓からは朝日が射《さ》し込《こ》み、窓から少し離れた所に天蓋《てんがい》付きのベッドが陣取っていた。床は暗色の胡桃《くるみ》の天然木で、光によって浮きだされる小傷にも風情がある。

「べつに大したことじゃねぇけど、椿姫《つばきひめ》の行方《ゆくえ》について確認しておきたくて」

「──椿さんの？」

剣蘭は扉に施錠すると、頷《うなず》きながら「ああ」と答える。

「常盤様が椿姫と縁を切りたがってたのはわかってるけど、実際その後どうなったのかは知らないんだ。白椿会の連中が昨日から騒いでて……なんか、これまでは椿姫専用だった白馬を他の隊員が乗り回してるらしい。しかも本人が姿を見せない」

「そのこと、どうして常盤に直接訊かないんだ？」

「訊けねぇよ、俺が訊いたら責めてるみたいになりかねないだろ。常盤様は、元々は俺に椿姫を与えたいと思ってたのに、お前を苛《いじ》めるあの人が邪魔《じゃま》になって徹底的に排除したくなったんだ。俺はあの人が茜に一服盛ってお前を襲わせた件で完全に引いたし、ちゃんと納得してるのに、もしも椿姫に未練あるような素振りを見せたら誤解を招くだろ？」

「……それでも行方は知りたいってことか？」

「正確には行方が知りたいわけじゃない。ただ、どうなったのかは知っておきたい。結構深く関わった話だし、それは当然の権利だろ？　お前は全部知ってるんだよな？」

ああ、知ってるよ――そう答えていいものか迷った。

剣蘭の目を見据えながら、薔は話すべきか否かを冷静に考える。

視線の先にある瞳《ひとみ》は、光を受けて紺碧《こんぺき》に輝いて見えた。

常盤に似ているとはいえ、目の色に関しては明らかに違う。

じっと見つめると、奥に秘められた感情が透けて見える気がした。

――剣蘭が何を考えてるのか、全部わかるわけはないけど……俺と通じるものはある。今の剣蘭は、怪我のリハビリに励んでる常盤を煩わせたくないと思ってる。俺の中にある気持ちと、同調してるのを感じる。

「椿さんは、竜虎隊を辞めたみたいだ。今はもう、学園にはいない」

「やっぱりそうだったのか」

「しばらくしたら別のポストを得て戻ってくると思う。常盤や西土子家とは縁を切って、今後は……たぶん、楓雅《ふうが》さんと……」

最後の一言は口にするのを躊躇《ちゅうちょ》したが、いずれわかることだと思った。

薔の脳裏には、椿に対して嫌悪感すら滲《にじ》ませていた剣蘭の表情や言動が色濃く刻まれている。未練のようなものが多少残っていたとしても、今の剣蘭ならこれくらいのことでは動じないと判断したうえでの発言だった。

「──キングのところに行ったんだな」

ぽつりと呟かれた言葉に、強い感情は見られない。

しかし、まったく動じていないと言いきれるほど淡泊なわけでもなかった。

椿の悪事に失望し、恋心が冷め、むしろ嫌悪感を抱いたとしても、人の心はそう簡単に割りきれるものではないのだろう。

剣蘭にとっての椿を自分にとっての常盤に置き換えて考えてみると、薔の中で、絶対に割りきれないという結論が出る。

常盤の行動に幻滅したとしても、それにより嫌悪感すら抱いたとしても……自分は他の誰かのところに行く常盤を黙って見てはいられない。常盤を失うくらいなら、彼の悪《あ》しき行いをすべて受け入れ、共に堕《お》ちる道を選ぶ。

──常盤が俺を幻滅させるようなことはしないとか……もし仮に悪事に手を染めても、それには必ず事情があるって信じてるから、だから共犯者にでもなんでもなって、どんな道でも一緒に進もうって思えるのかもしれない。そういう信頼を裏切られたら、俺も冷めたり諦《あきら》めたりするのか？

自問してみるものの、常盤への想いが邪魔して答えが出てこなかった。

揺るぎない信頼を寄せている今、裏切られることを想定できない。

仮定が成り立たないために答えが出せないこと自体が、何があっても常盤を信じ、背を向けられても追いかけていくという──答えなのかもしれない。

「椿姫は、これから幸せになると思うか？」

剣蘭の問いに、薔は躊躇《ためら》いながら頷いた。躊躇ったからといって、椿の幸福に疑問があったわけではない。剣蘭の前で肯定していいものかどうか、しばし迷ったせいだ。

「楓雅さんと一緒にいて、幸せになれないわけないと思う」

「そっか、そうだよな」

「──ああ」

薔は、血の繋がった兄である楓雅の顔を思い浮かべる。

特に意識しなくても、自然に浮かび上がるのは朗らかな笑顔だった。

今現在、椿と楓雅は離れているが、いずれは共に過ごせるようになるだろう。

剣蘭は知らないことだが、椿も薔と同じ陰神子で、龍神に愛され、幸運に恵まれる立場にある。即《すなわ》ち、椿が常盤のいる西王子家と縁を切り、楓雅のいる南条《なんじょう》家側についた今の状況は、椿自身が潜在的に望んだことだと考えていい。

椿が楓雅を求め、楓雅が椿を愛しているなら、あの二人の行く末に幸福が待っていないわけがないのだ。二人の間にどんな過去があろうと、必ず乗り越えられると思った。

「おっと、もうこんな時間だ。さっさと試着しないとまずいな」

「ああ、そうだな、もたもたしてると朝食に間に合わなくなる」

「お前も早く部屋に戻んないと。足止めして悪かったな」

「——あ、ああ……」

さらりと言った剣蘭は手を振り、快活な笑顔を見せる。

その顔があまりにも爽《さわ》やかだったので、薔は妙な違和感を覚えた。

剣蘭はクールに見えて笑う時は笑う男だが、どちらかと言えば高みから見下ろすような余裕めいた笑みを浮かべることが多い。今この場で、白い歯を輝かせて笑顔になる必要はなく、どこか不自然でぎこちなく見えた。

「じゃあ、またあとで」

俄《にわか》に不安が広がるのを感じながら、薔は扉の施錠を解く。

もしかすると、剣蘭は思った以上に無理をしているんじゃないだろうか。

──剣蘭が椿さんのことでダメージを受けてるなら、今の俺の受け答えは無神経だったかもしれない。傷口に塩を塗ることになってたら最悪だ。

それとも恋心が冷めるという現象を理解できない自分が、恋曇りした目で見ているから違和感を覚えるのか。本当のところがわからない。

他の誰かが冷静かつ公正な目で今の剣蘭を見たら、何もかも吹っきれて淡々としているように映るのだろうか。

「薔くん?」

「──あ……」

剣蘭の部屋を出て扉を閉めると、それを待っていたかのように声をかけられた。

ぎくりとして振り向いた薔は、ギャルソン服を着た白菊の姿に目を瞠《みは》る。

よく似合っていて可愛らしかったが、それどころではなかった。

剣蘭の部屋から出たところを見られたのは間違いなく、慌てて弁解を考える。

白菊は剣蘭と恋仲ではないが、義兄弟関係とも言える親友の剣蘭に対して、それなりの独占欲は持っていた。変に勘繰られると面倒なことになる。

「薔くん、もしかして剣蘭が落ち込んでることに気づいてたの?」

「……え?」

「気づいてたから慰めてくれたんでしょ?」

唐突に向けられた質問に驚かされ、薔は呆然《ぼうぜん》と立ち尽くす。

剣蘭の一番の理解者が口にした言葉には、強い説得力があった。

疑念が瞬く間に確信に変わる。やはりあの笑顔は作りものだったのだ。

「剣蘭……落ち込んでるのか？」

「え、うん。僕も詳しいことは知らないんだけど、なんか椿姫と仲違《なかたが》いしたみたいで……変にテンション上げてみたり機嫌悪かったり寝込んだり、浮き沈みが激しくて。カフェの衣装を受け取った時の浮かれ方も変だったでしょう？　あれは空元気《から》だと思うんだ」

「空元気？　そうなのか？」

「うん、たぶん間違いないと思う。だからこの恰好を見せに行って、なるべくさりげなく様子を窺《うかが》おうと思ったんだけど」

白菊はそう言うと、長いギャルソンエプロンを摘《つ》まむ。

スカートのように少し広げながら、「剣蘭、どんな感じだった？」と訊いてきた。

黒く大きな瞳は慈愛の光に満ちていて、心配する気持ち以外は何も見えない。

薔と剣蘭の関係を疑ったり、不満を持ったりしているわけではなさそうだった。

「俺には普通に元気に見えたし、だから慰めてもいない。文化祭の話をしただけだ」

「そうなんだ？　薔くんには弱いところ見せたくないのかな。二人とも成績がよくて運動神経も抜群で何をやっても凄いから、ちょっとライバル視してるところあるよね」

「さあ……よくわからない。剣蘭のことは、凄い奴《やつ》だと思ってる」

薔は謙遜《けんそん》でも嫌みでもなく、特に水泳の才能を意識して剣蘭を持ち上げた。

自身としてはライバル視する気持ちがなくもないが、「薔を守れ」と常盤に命じられている剣蘭から見たら、今の自分はライバルに値しないと思っていた。


六限後のホームルームが終わったあと、一般生徒は文化祭の準備に入る。

贔屓生は当日まで何もやることがなく、メニューのコピーや接客マニュアルを渡され、頭に入れておくよう指示されただけだった。

高等部三年の翡翠《ひすい》組、蒼燕《そうえん》組、菊水《きくすい》組の三教室の前には、迎えの竜虎隊員が三人立っている。通常はこのまま東方エリアに向かうが、今日は贔屓生が一人足りなかった。

「あれ、剣蘭は？」

終わるのが一番遅かった翡翠組の茜が、剣蘭と同じ蒼燕組の白菊に訊く。

薔も翡翠組なので、廊下に出た瞬間から剣蘭の不在が気になっていた。

剣蘭は贔屓生のリーダー的存在であり、体格がよいので常に目立つ。

それに、体の弱い白菊と別行動を取ることは滅多になかった。

「理由はわからないんだけど、六限の途中で急に早退しちゃったんだ」

「本来なら我々が来るまで教室を出てはならないのだが、どこかに消えたらしい」

白菊に続いて若い隊員が言い添える。不満が顔に表れていた。

別の隊員もやはり不満げな顔をして、「少なくとも中央エリアから出てはいない。すぐに捜索する」と、この場にいる七人の贔屓生全員に向かって言った。

お前達はそういう真似《まね》をするなと、視線で釘《くぎ》を刺してくる。

——剣蘭……白菊を置いてどこに行ったんだ？

三人の竜虎隊員から逃れる術《すべ》はなく、薔は茜と並んで校舎をあとにした。

しかしどうにかして剣蘭を捜しにいけないものかと、方法を考える。

剣蘭が急に姿を消したのは、今朝の会話が原因としか思えなかった。つまり椿のことが関係している。そうなると常盤には話せず、あとから独りで中央エリアに戻ってくるのは難しい。剣蘭を捜せなくなり、宿舎でおとなしく待つしかなくなる。

「……あ、忘れ物したんで取ってきます」

一旦は待ちの姿勢を取った薔だったが、時計塔を目にするなり予定を変えた。

適当な理由を言いきる前に走りだし、そのまま一気に加速する。

「ま、待て！　薔、止まりなさい！」

東方エリアに続く東門を前に、竜虎隊員三名と、茜を始めとする贔屓生が「薔っ！」と声を揃《そろ》えて叫んだ。しかし薔は振り返らず、全速力で逃走する。

竜虎隊員が追いかけてきたが、乗馬向きの隊服よりも、贔屓生の制服の方が余程軽快で走りやすい。俊足の薔に敵《かな》う隊員などそういるわけもなく、差はぐんぐんと開いた。

——剣蘭は時計塔にいる。間違いない！

薔は竜虎隊員を撒《ま》くためにあえて遠回りをして、大聖堂に続く通路の一つから時計塔に向かう。

螺旋《らせん》状の細い階段を大急ぎで駆け上がると、鉄格子の扉が見えてきた。

竜虎隊員が持つ鍵《かぎ》を使わなければ開けられない扉だが、天井まで届いてはいないので、ある程度身軽で度胸があればよじ登れる。

過去に何度も時計塔に忍び込んでいる薔は、いつもの手順で把手《とって》に足をかけた。

身長の二倍ほどの高さの扉を乗り越えて着地し、続く階段を上がる。

先程東門に向かう途中で、時計塔の上に人影を見たのだ。

しかし格子扉は施錠されていたのだから、鍵をどうにかできる隊員や教職員ではなく、生徒が忍び込んだと考えていい。

——まさか……時計塔から飛び降りようなんて、思ってないよな？　失恋で思い詰めて早まったことするとか、剣蘭に限ってそんなこと絶対ないよな？

かつてこの階段を、パニック状態で駆け下りたことがある薔は、今は駆け上がりながら心音を高鳴らせる。絶対にないとは思いながらも、最悪の光景が頭から離れなかった。

「剣蘭！」

息を切らせて階段を上《のぼ》りきると、秋空を背負う剣蘭の姿が目に飛び込んでくる。

彼は贔屓生の白いブレザーに同色のパンツを合わせ、ネクタイを緩めた姿で東側の柱に寄りかかっていた。

西日に照らされた顔には陰影がくっきりと浮かび、妙に大人びて見える。

剣蘭は体格こそ大きく青年に近いが、髪が短くスポーツマンらしい雰囲気の持ち主で、表情は年齢相応だった。けれども今は違う。常盤の濃艶《のうえん》さには及ばなくとも、大人の男の色気をそこはかとなく漂わせていた。

「お前がここに来るのわかってたぜ。すげぇ速さで走ってたから」

「あ、ああ……人影を見て、なんか気になったから」

「ちょっと独りになりたかっただけだ」

剣蘭の言葉は、「それだけじゃない」と言っているも同然だった。

独りになりたいなら贔屓生宿舎に帰ればいい話で、時計塔を選んだ理由は別にある。

それが何か考えるまでもなく、見ていた場所を目で追えばすぐにわかった。

「竜虎隊の馬場を見てたのか？」

「椿姫が使ってた白馬を、他の隊員が世話してるのを見てた。常盤様の愛馬とは違って、あの白馬は竜虎隊の物なんだろうし……べつにおかしなことじゃないけどな」

馬場には隊員が四人いて、同時に馬の世話を焼いていた。

一際美しい白馬の鬣《たてがみ》に櫛《くし》を入れているのは、椿の部下だった橘嵩《きったか》だ。

彼らの間でどういう取り決めがあったのかは知らないが、他の隊員が白馬に乗っている姿が目撃されているなら、椿の辞職は公になっていると考えられる。

どのみち生徒には知らされない話で、公示が出るのは隊長の交代くらいのものだった。

誰が昇進しても退職しても、仮に亡《な》くなっても、生徒にはわからない。見かけないから辞めたのかもしれないと、推測するしかないのだ。

「椿さんのこと、自然に諦められたんじゃなかったのか?」

こんなことを訊いていいのか迷いながらも、薔は直感に従って問いかける。

何も訊かれたくないなら、時計塔を上ってきた自分を受け入れなかったはずだ。

椿の名を自ら出していることから考えても、秘めていた想いを声に出して語りたがっているのがわかる。

「――もちろん諦めてる。前に病院の屋上で言った通り、俺には高嶺《たかね》の花を追うのは性に合わないってわかったし、見た目だけじゃなく心も綺麗《きれい》な人が好きだから。その意味で、椿姫は違ったみたいだし」

馬場を見下ろしながら苦笑する剣蘭を、薔はどう慰めればよいかわからなかった。

椿さんにも色々事情があるし、あの人の心が醜いわけじゃない――と言いたかったが、それが剣蘭にとってプラスになるとは思えない。場繋ぎにいい加減な相槌《あいづち》を打つのも違う気がして、相応《ふさわ》しい言葉が見つからないまま風に煽《あお》られる。

「お前ってさ、俺に聞いたこと全部、常盤様に報告する感じ？」

「……え？　いや、そういうわけじゃない。常盤に言われたくないことは言わない」

薔は咄嗟《とっさ》に答えながらも、言ったそばから自分の発言に疑問を抱く。

常盤に対しても剣蘭に対しても誠実であるなら、「常盤に話せないことは俺の耳に入れないでくれ」と言って突《つ》っ撥《ぱ》ねるべきだ。

けれども今そう言ってしまったら、剣蘭は自分の気持ちを語ることで心を落ち着けたり整理したりすることができなくなり、結果的に痛みを長く引きずるかもしれない。

「じゃあ絶対口止め前提でお前にだけ話すけど……その前に、お前は常盤様が他の誰かとセックスしてるとこ見たことあるか？」

「……っ、ない。そんなのあるわけないだろ」

「自分以外とはあり得ないってか？　さすが凄い自信だな」

「そういう意味じゃなくて。学園内でそんな、性的なシチュエーションに遭遇する機会はまず絶対にないって話だ」

薔はむきになって否定したが、剣蘭の指摘は間違いではなかった。

自信があるという言い方には抵抗を覚えるものの、それに近い信頼はある。

お前だけを見ている――そう言ってくれた常盤を信じていた。

初めて会った瞬間から、愛情の種類は変化しても愛の重さは変わらずに、弛《たゆ》みなく想い続けてくれたのだ。

再会する前はともかく、今の常盤に限って、他の誰かを愛することも、欲望に流されて享楽的なセックスに耽《ふけ》ることもあり得ない。絶対にないと信じられる。

「俺さ、椿姫が他の男に抱かれてるのを見ちゃったんだ」

「――ッ」

「いや、実際には耳で聞いただけなんだけど……その光景が目で見たみたいにありありと浮かんできて、今でも頭から離れない」

剣蘭は大きな手を顔の前で開くと、両手を耳と側頭部に当てた。

一見すると頭を抱えているようだったが、それとは少し違う様子に見える。

今も聞こえてくる音を、聞きたくない。耳を塞《ふさ》ぎたい。イメージするのをやめたい――そんな気持ちが表情に表れていた。

「夜中に……どうしても椿姫に会いたくなって、竜虎隊詰所に行こうとしたんだ。けど、時間的に考えて迷惑だから我慢して、気晴らしに森を散歩した。白い椿が咲いてる場所を知ってたから、そこを目指して歩いたんだ。そしたらキングを見かけて」

「……楓雅さんを？」

「ああ、夜中に何してるのかと思ったら、あの人、針金みたいな物を使ってログハウスの扉を開けたんだ。それからしばらくして椿さんが来て、人目を気にしながら中に入った。そのまま全然出てこなくて、覗《のぞ》こうにも窓は高い位置にあって無理だし……近づいて耳を欹《そばだ》ててみたら、案の定やってたわけ。なんかさ、声だけで十分わかっちゃうんだよな。今すげぇ感じてるんだなとか、本命は常盤様じゃなくてキングだったんだなとか、一気に色々わかっちゃって」

「――剣蘭……」

「最悪な気分だった。椿姫が常盤様に惚《ほ》れ込《こ》んでるなら、その方がずっとよかったんだ。努力すれば常盤様に近づくことはできると思ってたし、若さって武器もある。けどキング相手じゃどうにもならないよな。俺は将来極道になるの確実だし……キングは、南条家の上の方の人だって聞いてる。つまり俺とは光と闇《やみ》ってくらい住む世界が違うことになる。歳《とし》も三つしか違わないから若さも無価値だし。いや、違うな。そういう理屈は後付けで、とにかく駄目だって感じたわけ。どう考えても愛し合ってんだぜ……声だけでもわかるんだよ、俺の物にはならないって」

光を受けて紺碧に見える瞳が潤み、はらりと涙粒が落ちていく。

そのことに剣蘭自身が一番驚いていて、慌てて目元を拭《ぬぐ》っていた。

落とした粒は片目からの一粒のみで、あとは歯を食い縛ってこらえる。

「これまで、気づかなくて悪かった。俺は、お前の言動をそのまま受け取ってた」

剣蘭の心が椿から離れ、遂《つい》には嫌悪に至ったことを、薔は今朝まで疑わずにいた。

最初は驚いたが、楓雅の恋を応援したい薔には好都合な話だったのだ。

さらに、剣蘭の心変わりによって常盤が椿を退《しりぞ》けやすくなったのも事実だった。

思い返せば自己都合で、本来つらいはずの剣蘭の失恋を軽く受け流していた気がする。

「本当に悪かった。俺は、凄く薄情だったと思う」

「いや……俺も薄情だし。お前や茜に対するあの人の悪事を知っても、きっと何か余程の事情があるんだろうって思ったんだよな。お前らが、取り返しのつかないことにはなってないってのが大前提だけど、あの人を信じて擁護に回れるくらいには、好きだった。けど俺が煮えきらない態度を取ったら常盤様は困るだろうし……椿姫はいつまでも西王子家に縛りつけられてキングのところに行けなくなる。それじゃ駄目だと思ったんで、きっぱり断ち切ることにした。今は本気で、ちゃんと幸せになってほしいと思ってる」

「――俺も……椿さんには幸せになってほしい。もちろん楓雅さんにも」

「このこと、常盤様には絶対言うなよ。俺は誰より使える人間でありたいし、あくまでも姫の悪事を知って冷めたってことにしておいてくれ。それが一番理想的だ」

「わかった。絶対言わない」

薔が答えるや否や、剣蘭は肩の力を抜いた。

これまでは必要以上の力が入っていたらしく、眉間《みけん》や頬《ほお》の筋肉も緩む。

同時に膝《ひざ》の力まで抜けたのか、倒れ込むように抱きついてきた。

「……あ」

常盤と似ているせいか、近づかれてもさほど違和感はなかったが、実際に触れられると焦る。体格が違い、匂《にお》いが違い、耳に触れる髪の感触も違った。

やや苦手だったスキンシップにも少しは慣れたのか、焦りはあっても突き放したいとは思わない。性的なものでない限り、友人との抱擁も悪くはない気がしていた。

「なんだよ、急に」

「人肌恋しい感じなもんで」

「そんなこと言われても困る。もう離れてくれ」

「お前はさ、ほんと恵まれてるよな。常盤様もだけど、心底羨《うらや》ましい」

「剣蘭……」

「竜虎隊隊長と贔屓生だし、そりゃ色々障害はあるだろうけど、一番大事なところで完全無敵だろ？　常盤様はお前を溺愛《できあい》してるし、お前は常盤様しか見えてない。結局どんなに状況に恵まれてたって、相思相愛じゃなかったら意味ないんだよな。逆に言えば、互いに想い合っていればどんな困難も乗り越えられる。そういうもんだろ？」

うん、そうだな――とは言えなくて、薔は抱き締められたまま身を強張《こわば》らせる。

両手の行き場に迷った挙げ句に、いつでも押《お》し退《の》けられるよう腕に触れた。

「剣蘭……お前は、椿さんとのことで凄く大人になったから……きっと次は上手くいく」

「やっぱそうかな、もっと凄い美人と出会えると思うか？」

「そういうことじゃなくて、次はきっと……なんていうか、もっと激しくなれる」

「——激しく？　大人になって落ち着くとかじゃねぇのかよ」

「落ち着く部分もあるだろうけど、その人が……他の誰かと幸せになることを祈ってあげられないくらい、独占欲に苦しみ抜いて、その人が欲しくて心がドロドロになって、時に暴れて、自己嫌悪のあまり消えたくなるような……そういう恋ができると思う」

「おい、それ最悪だろ。慰めになってねぇよ」

「そうだけど……」

自分の恋しか語れなかった薔は、摑《つか》んだ腕を押し退けて剣蘭の体から離れる。

他人の恋心を否定するわけではない。相手を思いやって身を引くのも一つの立派な選択だと思う。ただ、それは自分には不可能で、本当の意味では理解できない。

時に醜くなっても、消えたいほどの自己嫌悪に陥っても、相手を何がなんでも放さない独占欲に塗《まみ》れた恋しか、わからなかった。

「確かに最悪だし、慰めにもなってないけど……そういう想いの果てに願いが叶《かな》ったら、最高だと思わないか？」

怒らせることを恐れずに自分なりの最高の結末を言葉にすると、きょとんとした表情が返ってくる。威嚇に近い体勢で顔を覗き込まれたが、幸い怒ってはいないようだ。

「確かに、そりゃ最高だな」

「……そう、だろ？」

「お前って想像以上にすげぇな、どんだけ嫉妬深《しっとぶか》いんだよ」

「これはあくまでも譬《たと》え話であって、俺の話とは関係ない」

「いまさら何言ってんだか！　つーか、俺はそんだけ想うより、それくらい想われる側になりたいぜ。常盤様が今の話を聞いたら男冥利《おとこみょうり》に尽きるだろうな」

「いや、常盤は慣れっこな気がする。やたらモテるし」

「……確かにそうかも」

幾分ほっとした薔が苦笑いを零《こぼ》すと、剣蘭もそっくり同じ表情を返してきた。

無理に快活に笑った顔とは違い、今は自然で彼らしい笑い方だ。

傷口に塩を塗り足すことにならなくて、本当によかった。

「──あれ、なんか、足音しねぇか？」

苦々しい笑みを交わし合っていた薔は、剣蘭の言葉と同時に足音を聞く。

秋風に紛れて、重厚感のある靴音が迫っていた。おそらくブーツの音だ。

そうだとしたら生徒でも一般教職員でもなく、竜虎隊の人間に違いない。

時計塔の床に開いた入り口から、黒い隊帽が見えてくる。続いて隊服も見えた。目立つ二本の飾緒に、くっきりとした四本の白い袖章《そでしょう》。紛れもなく隊長服だ。

「常盤！」

「常盤様！」

裾《すそ》の長い上着には上質な艶《つや》が走っていたが、着ている人間はそれ以上に艶めいている。まだ明るい空を背負いながらも、すでに夜の空気を漂わせていた。いつ見ても官能的な美男で、さながら神が特別な意図を以《もっ》て作り込んだ彫像のように見える。

すらりと脚が長く均整の取れた逞《たくま》しい体に、和の華やぎを備えた匂い立つ眉目《びもく》、優美でありながらも意志の強さが感じられる鼻梁《びりょう》に、酷薄にも肉感的にも見える唇。

漆黒の瞳は見る者の心を騒がせ、淫心《いんしん》を抱かせるばかりの魔性を宿している。

教団が崇《あが》める紫眼《しがん》の黒い龍神は、常盤を理想の憑坐として作ったのかもしれない。

好みの美童を抱き、その媚態《びたい》を愉しむために神が憑《つ》く器として、彼ほど相応しい逸材はいないだろう。

「なんの話をしていたのかは知らないが、その体勢は看過できないな」

面白くなさそうに睨まれた薔と剣蘭は、弾《はじ》ける勢いで身を離した。

元より抱擁は解かれていたが、通常よりも距離が近かったのは事実だ。

「まるでキスをする寸前のように顔を近づけて、どういう関係か疑いたくなる」

「……っ、どういうも何もないだろ、変なこと言うなよ」

「常盤様、申し訳ありません。薔とは友人として話していただけです！」

「追ってきたのが俺だからよかったものの、相手によっては要《い》らぬ嫌疑をかけられるぞ。贔屓生とはいえ同性愛は厳禁だ。疑われるような真似はするな」

自分が普段していることを棚に上げ、常盤は竜虎隊隊長として忠告してくる。

十分離れていた二人をさらに引き離すと、薔の肘《ひじ》を掴んでぐっと引き寄せた。

「常盤？」

「――剣蘭、俺はお前を信じている」

「常盤様……」

「だが心配になることもある。箍《たが》が外れるということも時にはあるからな」

「だ、大丈夫です。どうか、御心配なく」

剣蘭は常盤の不興を買うのを恐れて、階段に続く入り口へとあとずさる。

常盤の邪魔をしてはならないと考え、一刻も早くこの場を去ろうとしている剣蘭を見ていると、薔は恥ずかしくて居《い》た堪《たま》れない気持ちになった。

いまさらではあるが、一回りも年上の男と恋仲になり、年齢差から考えても体格差から考えても自分が抱かれる立場であることが明白な状況は、男としてどうしても恥ずかしく感じるものだった。嫌というわけではないが、とにかく恥ずかしい。

男に抱かれる立場を受け入れているタイプの友人に知られるならまだましだが、剣蘭に対しては、ある種のライバル意識が今でも残っているせいで羞恥心《しゅうちしん》が増してしまう。

「剣蘭、お前が心から望むなら大抵のものは譲ってやれる。だが薔はやれない」

「――ッ」

常盤の発言に驚いた薔は、肩を抱かれてびくっと震える。

逃げるとでも思われたのか、さらに強く抱き寄せられた。

「薔は俺の物だ。努々《ゆめゆめ》それを忘れるな」

「は、はい！」

「いい返事だ。わかったら早く宿舎に戻れ」

常盤の命に従って、剣蘭は転がるように階段を下りていく。

その足音を聞きながらも、薔は常盤の言葉に心を奪われていた。

抱かれる側は恥ずかしい、どうしたって恥ずかしい――たった今まで、そう思っていたはずだった。それなのに、今はまるで違う感覚がある。

――薔は俺の物だ……って、今……確かにそう言った。二人だけの間のことじゃなく、第三者に向かって宣言した。

常盤の言葉が矢のように胸に突き刺さり、心臓に届いて熱へと変わる。

それが血液に乗って体中に運ばれ、全身がドクドクと脈打った。

──なんか……恥ずかしいことは恥ずかしいけど、これまでとは違う感じに……なった気がする。恥ずかしいより、誇らしいような……。

薔の中に根強くあった羞恥心が、常盤の熱に触れて大きく変化する。

常盤が堂々と交際宣言をしてくれた──その事実に喜びが滾《たぎ》っていた。

抱かれる側だと認識されても、べつにいい。そんなことどうだっていい。

いったい何が恥ずかしかったのか忘れそうなくらい、誇らしくて嬉しくて、弾み上がる心臓の勢いが止まらない。

同様に、顔が熱くなるのも止められなかった。

「薔、いくら友情の範疇《はんちゅう》とはいえ、お前が他の男に迫られている姿は見たくない。多少のスキンシップは構わないが、あまり隙《すき》を見せないよう気をつけろ」

「あ、うん……今のはほんとになんでもないけど、気をつける」

「顔が真っ赤だぞ。まさか剣蘭に迫られて赤くなったのか？」

「いや、違うし！　わかってて言うなよ、性格悪いな！」

「何をそんなにむきになって怒ってるんだ？　剣蘭の前で、『俺の物』呼ばわりしたのが気に入らなかったか？　もちろん『俺の恋人』と言いたいところだが、俺にだって照れというものはある」

「アンタにそんなのないだろ」

「そう見えるのか？　実際にあるんだぞ」

ふっと笑った常盤は、両手を広げるなり薔の体を抱き締める。

一度は強めに抱かれたが、そのまま落ち着くことはなかった。

常盤の手は、薔の肩や背中や腰の上を彷徨《さまよ》い続ける。

剣蘭が触れた可能性のあるところを手当たり次第になぞって、自分の感触に塗り替えているかのようだった。

――まさか……抱きつかれたこと、知ってるのか？

常盤が現れた時点で、薔は剣蘭の抱擁から逃れていた。

その流れでいつになく近い位置に立っていたのは事実だが、抱き締められていた瞬間は見られていないはずなのに、常盤はすべてお見通しのようだ。

「もしかして、剣蘭と俺の会話、聞こえてたのか？」

「いや、何も聞こえなかったことにしてくれ」

躊躇いつつ訊いた薔に対して、常盤は淀《よど》みなく答える。

その一言で、薔には常盤の考えが読めた気がした。

剣蘭が椿に対して見せた嫌悪感が偽りだったことを、常盤は知っていたのだ。

――剣蘭の嘘《うそ》が椿さんのためだけじゃなく、自分のためでもあったことを知っていて、気づかない振りをしてたんだ。結局それが、剣蘭や椿さんにとって最善だったから。

そして常盤と俺にとっても最善だったから——だから常盤は気づかない振りをした。

今こうして剣蘭の本音を聞いても驚かずに、何も知らない振りをし続けている。

あえて惚気《のろけ》るような交際宣言などをしてみせたのは、剣蘭が演じた努力を無駄にしたくなかったからだ。

お前のおかげで俺達は幸せでいられると、剣蘭に伝えたかったのかもしれない。

同時に、傷心の剣蘭の心が罷《まか》り間違っても薔に向かうことがないよう、「お前を信じている」と言いながら釘を刺しておくあたりが抜け目ない。

主《あるじ》のような立場の兄にそう言われてしまったら、裏切ることなどできないだろう。

「剣蘭が、常盤のこと羨ましいって言ってた」

「そうか、確かに羨ましがられるほど恵まれている自覚はある」

「——凄い自信だな」

「愛する者に愛される人間が、羨ましがられないわけがないだろう？　それとも、お前は俺を愛してないのか？」

抱擁を緩めた常盤は、上体を引いて真《ま》っ直《す》ぐに見つめてくる。

真顔になっても艶冶《えんや》な美貌でそんなことを訊かれると、何も言い返せなかった。

俺も愛してるよなんて恥ずかしくて言えないし、もちろん否定もできない。

愛の告白を強要する瞳から逃れて、明後日の方を向くしかなくなる。

「剣蘭も……次に好きになった人には、ちゃんと想われて、上手くいくといいな」

「剣蘭『も』と言ったな」

「……っ、そこは聞き流せよ」

意地悪だなと思って睨みつけると、笑みを含んだ顔を近づけられる。

割れた前髪から覗く額に口づけられた。

唇の感触に、肩がぴくっと上がってしまう。

ただ額にキスをされているだけなのに、幸せだと思った。

この幸福の裏には——前世の因縁らしきものに縛られていた椿や、なんの罪もないのに負い目を背負わされた茜、常盤と椿のために耐え忍んだ剣蘭がいる。

彼らに申し訳ないからといって、身を引くという選択ができない以上、逆に力いっぱいこの想いを貫くしかなかった。何があっても絶対に常盤を放さない。でも、犠牲があったことも忘れない。そういう生き方をすると決めたのだ。

「薔、俺は剣蘭がもっと熱い恋をして、次こそは上手くいけばいいと思っている。どんな事情があるにせよ他の男に譲れるならそれまでの話で、姫とは縁がなかったんだ」

「常盤……」

「俺はお前を誰にも譲れない」

「——俺がもし、他の誰かを好きで、そっちに行きたいって言ってもか？」

「そんなことはあり得ないから、考える意味がない」

「……やっぱり、凄い自信家だ」

「お前を信じているだけだ」

次のキスは、たぶん唇――そんな薔の予想に反して、常盤は手袋を取るなり薔の手首を引っ掴む。螺旋階段に続く入り口に向かって歩き、そのまま階段を下り始めた。

「常盤？」

違反者として捕まえられたような恰好だったが、さほど長くは続かない。

数段下りた所で足を止めた常盤は、上と下に目を向けた。上には、午後の光が降り注ぐ四角い穴の入り口がある。下には、先の見えない螺旋状の階段が延々と続いていた。

「こんな途中で止まってどうしたんだ？」

「お仕置きをするのに最適な場所を探していたところだ」

「――お、お仕置き？」

「下校時に規則を破って逃走し、竜虎隊を騒がせた罰を与えないとな」

そう言うなり背後の壁に手を突かれ、顎《あご》に触れられる。

くいっと掬《すく》い上《あ》げられるや否や、罰とは思えない顔で迫られた。

憎らしいほど余裕に満ちて、完璧《かんぺき》過ぎるほど整った顔だ。元々綺麗な男ではあったが、今の常盤は過去の彼に輪をかけて美しく、直視するのが恐ろしいくらいだった。

人間とは不思議なもので、表面的には何も変わらないのに、枯れたように見えることもあれば、咲き誇らんばかりに見えることもある。内側から溢《あふ》れだす輝きを左右するのは、当人の幸福度なのかもしれない。

「……ん、ぅ」

薔は常盤の口づけを受け止めながら、少しの自信を感じていた。

男女の区別はなく、抱く側と抱かれる側の区別もなく、愛する者に愛されるから幸福になり、より美しく輝けるなら――自分は今、常盤の魅力の一部を支えている。

だから自信を持っていいのだ。彼を求めてもいい。遠慮しなくていい。

たった一人の恋人として、手を伸ばして常盤の体を引き寄せることも、自ら唇を開き、大胆に舌を絡ませることもしていいのだ。常盤を愛し、常盤に愛され、満ち足りた幸せを彼に与えられる者にだけ、その資格がある。

「は……ん、ぅ……ふ」

思うままに抱きついた薔は、常盤に唇を崩されながらも負けなかった。

自分からも侵攻して、彼の口内を探る。滑らかな歯列を潜《くぐ》り抜《ぬ》けると、力強い舌で押し返されてしまったが、負けじと抗《あらが》ううちに舌を行き交わせる形になった。自分の舌先が、常盤の口の中にあるのか自分の方にあるのか、わからないほど熱烈に絡ませる。

「ん、ん……ぅ、く……」

とろりと溢れる唾液《だえき》が首まで垂れて、たちまち淫《みだ》らな気分になっていく。

お仕置きやら罰やらと言われたが、それはどこまでなのだろう。

もしもキスで終わりなら、確かに苦しい罰かもしれない。

——脚の間……凄い、熱い……。

同じくらいの勢いで口づけを貪《むさぼ》っていたはずが、気づけば力が抜けていた。

体の芯《しん》が蕩《とろ》けるようで、膝が今にもかくんと折れそうになる。

常盤のキスが気持ちよくて、意識がどこかに飛びそうだった。どこで何をしているのかぼんやりと判断できてはいるけれど、まるでふわふわの雲の上にいるようだ。

「く、あ……ぅ」

キスだけでは終わらず、白いブレザーの中を探られる。

剝《む》きだしの右手と、医療用のテーピングを施された左手で乳首を探り当てられた瞬間、体中が悦《よろこ》びに震えた。シャツ越しに滑る指は器用で、悔しくなるほど気持ちがいい。

火を点《つ》けられるだけ点けられて放置されるような、そんなお仕置きだったらあまりにもつらいと思っていただけに、ちょっとした愛撫《あいぶ》に甚《いた》く感じてしまう。

「……ぁ、常盤……」

左右の乳首が同時に硬くなり、つんと尖《とが》った。

それを見計らって、二本の指で摘まみ上げられる。

「く、ぁ……！」

緩くカーブした壁面に背中を押しつけると、常盤の指の動きが激しくなった。

自ら体を固定してしまったので、もう腰を引くこともできない。

「う、ぅ」

シャツの生地越しに、常盤の指先や爪《つめ》の形を感じた。

親指と中指で摘まみ上げられた乳首の先端を、人差し指の爪で弾かれる。

「ふあ……ぁ！」

「以前よりも感度が増してるな。こんなに摘まみやすくなった」

「う、ぁ……ッ」

低くとも甘く響く声で囁かれ、声だけで感度が増す。

少し屈《かが》んだ常盤の首筋に顔を埋《うず》めると、いつもの匂いがした。

常盤のために作られた、常盤だけの香水――バンブーとロータスフラワーと、ムスクの香りが仄《ほの》かに揺蕩《たゆた》う。

男らしいが優雅で、若竹の力強さや爽やかさも備え、何より煽情的《せんじょうてき》だった。罪の意識を強烈に刺激する大人の男の香りだ。薔にとっては、快楽に直結する匂いでもある。

「常盤……お仕置きって、何……する気だ？」

「そうだな、たまには一方的に愉しませてもらおうか」

「――っ、一方的に？　常盤だけが、愉しむってことか？」

「そういうことだ。あまり時間がないことだし、性玩具《せいがんぐ》のように扱ってやろう」

「性……玩具？」

「お前が愉しんだら、お仕置きにならないからな」

「それは、そうだけど……性玩具って、俺をどうする気だ？」

服を脱がされないまま乳首を弄《いじ》られ続けた薔は、緊張と興奮に頬を赤らめる。

目の前には常盤の顔があり、どこか悪戯《いたずら》っぽく意地悪に見えた。

何をされるか予想がつかないが、玩具でもなんでも常盤が愉しめるならそれでいい。

薔にとって本当につらい罰は、常盤が愉しめないセックスをすることだ。たとえ自分が気持ちよくても酷《ひど》く虚《むな》しい行為になってしまう。その逆なら、まったく構わない。

「まずは勉強もしないとな。この学校では習わない特別授業だ」

常盤はそう言うなり内ポケットを探り、正方形の小さな袋を二つ取りだした。

どちらも平らに近いほど薄く、中身は透けていない。材質はおそらくアルミだ。

袋の内側に、細めの輪のような物が入っているのがわかる。大きさには差があった。

「それは？」

「とりあえずくわえていろ」

「――食べ物なのか？」

袋の端を口元に寄せられた蕾は、中身をリング状のキャンディか何かだと推測する。しかし常盤に笑われてしまい、よくわからないまま二つの袋の端を噛《か》むよう促された。当然、袋に味はない。匂いもしない。目で見たイメージ以上に軽い物だった。いったいなんなのかわからずにいると、ベルトに手を伸ばされる。

カチャッと鳴る音に続いて釦《ボタン》を外され、ファスナーを下ろされた。

会話の最中も蕾の雄は萎《な》えず、常盤に触れられるなり、ぴくんと大きく反応する。

制服の黒いパンツを下ろされて下着が空気に触れると、少し濡《ぬ》れているのを感じた。

「ん、んぅ」

俺を愉しませることはしないんだろ——そう問いたくても、袋をくわえていて声を出せない。明らかに興奮している下半身が、膨らんだり震えたりと落ち着かなかった。

「ん……ぅ」

常盤の長い指で、下着の上から屹立《きつりつ》を撫でられる。

すうっと上に向けて動いていく手を追うように、角度をつけて追い上げる股間《こかん》は見るに堪えないものだった。どうしようもないほど感じやすく、淫らで恥ずかしい。

「お前との学園生活を愉しむに当たり、俺も色々と考えてみた。儀式とは無関係に愉しみたくても、どこにでも都合よくベッドやシャワーがあるわけじゃない。逆に監視カメラが設置されている場所は多く、会える時間も限られている」

「……ん、うぅ？」

だからなんだと訊きたい薔に、常盤は「そのまま、もっと強く食い縛れ」と命じた。

そうして袋の一つを摘まむと、薔に端をくわえさせたまま開封する。

ふわりと甘い香りが立ち上り、鼻腔《びこう》を擽《くすぐ》られた。

――なんだろう……あ、蜂蜜《はちみつ》の匂いか？

開いた袋から、常盤が輪を取りだす。

目の前に翳《かざ》されたのは、これまで見たことがない物だった。

輪には違いなかったが中央が開いておらず、薄桃色の膜が張られている。

しかしぴんと張られているわけではなく、一部が萎《しぼ》んで垂れていた。そして輪を含めたすべてが粘液に塗れていて、蜂蜜に似た香りが漂っている。

「……それふぁ？」

薔は「それは？」と訊いているつもりだったが、袋を嚙んでいるため、息が抜けた。

常盤はまたしても笑い、何を訊かれているかわかりきっていながらも答えない。

慣れた手つきで濡れた輪を持ち替えて、もう片方の手で薔の下着を下ろした。

「ん、んんッ⁉」

ぶるんと飛びだした屹立の先端に、冷たい物を当てられる。先程の膜の部分だ。

これは食べ物かもしれないと半分疑っていた薔は、まさかのことに愕然《がくぜん》とする。

「……ん、ぅ⁉」

実際には食べ物ではなかったようで、輪に見えていた部分の正体もわかった。

薄い膜が均一に巻かれていたらしく、常盤の手によって解かれていく。

蕾の性器は先端から雁首《かりくび》まで膜に覆われ、そこから先も速やかに包み込まれた。

この袋状の物体は、教師が試験の際に答案用紙をめくるのに使う、指サックによく似ている。それを大きく薄くして、蜂蜜の香りをつけて濡らしたような物だ。

蕾の性器のサイズにぴたりと合い、根元が程よい加減で締めつけられる。

——先端が……膨らます前の水風船みたいになってる。そうか、このまま射精したら、この先の所に精液が……。

そうなることを想像すると、顔がカッと熱くなる。

これがいったいどういう物なのか、なんとなく把握した。

性教育の授業で、性器に被《かぶ》せる避妊具があると習ったことがある。

八十一鱗《くくり》教団は、妾《めかけ》を持ってでも子孫を多く作るべきという教えの教団なので、避妊は推奨しておらず、さらりと触れた程度で詳しい説明はなかった。

おそらくこれはそういう物だ。ただし確信を持っているわけではない。

男同士で避妊の必要はないうえに、いわゆる男側の常盤が装着するならまだしも、女側の役目を果たす自分が嵌《は》めさせられる意味がわからなかった。

「もう離していいぞ」

常盤は薔がくわえていた袋を二つとも摘まみ、薔に口を開けさせる。

未開封の袋に入っている避妊具の直径は、薔が嵌めている物よりもだいぶ大きかった。

「……常盤……これって……」

「いちいち下着を濡らしていては大変だからな。おもらし対策だ」

「お、おもらしって言うな！　俺はもらしてなんかいない！」

「なんだ、病院の屋上であんなに盛大にもらしたのを忘れたのか？　赤ん坊の頃のようにオムツをするわけにもいかないし、大人には大人用の物を使うしかないだろう？」

「大人用？　じゃあ、これは避妊具じゃなくて……大人のオムツなのか？」

「いや、それは……まったく違う。すまん、俺の言い方が悪かった」

笑うのを通り越して唖然《あぜん》とした様子の常盤は、ふうと露骨に溜め息をつく。

頭を抱えて唸《うな》りそうな顔をしていたが、しかしすぐに気を取り直し、竜虎隊隊長らしい凄みのある表情に切り替える。

「後ろを向いて壁に手をつけ。お仕置きの時間だ」

「――ッ」

「早くしろ。俺に尻《しり》を向けて、腰を上げるんだ」

常盤に命じられるまま少しずつ方向を変えた薔は、さらに高まる興奮に心音を上げる。

世間知らずではあるが、これが大人の性的なお遊びであることは承知していた。

安全だとわかりきったうえでのスリルは、ぞくぞくするほど愉しい。

――あ……ベルト、外す音がする。やっぱり、もう一袋の直径が大きい方は……常盤が使うってことだよな？　サイズが違うのがなんか癪《しゃく》だけど……差が明らかな物だから今は仕方ない。俺もいつかは、常盤と同じくらいになるかもしれないし……。

背後で袋を開ける音が聞こえたため、薔は恐る恐る振り返る。

一度見て装着方法がわかったので、できれば実践したいと思った。

これはお仕置きだから自分は愉しんではいけないらしいが、そう言われても常盤に同じことをしたくなる。

「……え、あ……ッ」

薔が振り返った時にはもう、常盤は避妊具を装着し終わっていた。

あまりに手際がよくて驚かされるうえに、薄いゴムのような膜を纏《まと》った性器をいきなり突き立てられる。まだ何もされていない剝きだしの尻の間に、重たい物を載せられた。

「常盤……？」

「前回してから日が浅いうえに、このゴムは滑りがよく、ゼリーもたっぷりついている。初めてした時とは違って問題ないとは思うが、もし痛かったら左手を上げろ」

「そんな、歯科医みたいなこと言って……」

「ああ、お医者さんごっこもいいな。白衣も聴診器もすぐ調達できる。問題はどうやって学園に持ち込むかだ。ゴムくらいはどうにかなるが、身体検査がなかなか厳しい」

これはゴムっていうのか、やっぱりゴム製なのか、正式名称はなんだろう——と思うや否や、薔は後孔《こうこう》に圧を受ける。壁についた十指に、思わず力が入った。

「は……ぅ、あぁ……」

ぬるりと動く重たい性器が、後孔の表面を撫でていく。

窄《すぼ》まった孔を常盤の性器の裏側で上下に擦《こす》られ、ゴムのゼリーを塗りつけられる感触が生々しかった。

先端の膨らみや、その下の括《くび》れ、張り巡らされた裏筋まで感じられる。

薄いゴムを被っているせいか、剝きだしの性器で同じことをされるよりも滑りがよく、常盤の動きは速くなっていった。挿入はしないまま、しかしぐいぐいと強く押すことで、薔の後孔を解《ほぐ》していく。

「力を抜いていろ。それと、声は一切出すな」

「——っ、あ……」

「出すなと言ったばかりだぞ。この螺旋階段は音が反響しやすい。お前の喘《あえ》ぎ声を誰かに聞かれるのも、人が上がってきた際に足音が聞こえないのも困る」

「誰か……上がって、来る可能性……ある、のか？」

「ないだろうな、万が一の話だ。格子扉には鍵をかけてから上がってきた。剣蘭は行きと同じく、乗り越えて出ていったはずだ。そもそも、お前は頗《すこぶ》る運がいいだろう?」

「ん、ぅ……ぅ、あ……」

「声を出すんじゃない」

昂《たかぶ》る雄の先端を窄まりに突き立てた常盤は、地を這《は》うような低い声で命じてきた。

ほとんど愛撫をせず、丁寧に解しもせずに突っ込むことが、常盤の言っていた性玩具のように扱うということなのだろう。

ようやく理解できたが、これはお仕置きでも罰でもなかった。

結局はある程度拡《ひろ》げられ、慎重に挿入されている。

「ん、う、ぅ……ッ」

「──ッ……」

必死に声を殺しながら耐えた薔は、後ろから聞こえてくる常盤の声を捉《とら》えた。

微《かす》かだが、挿入の瞬間の快感が漏れたのがわかる。

「……ぅ、ん……ぅ!」

ゴム越しだと摩擦が少なく、これまでよりも痛みがなかった。

とんでもなく大きな物が侵入してくる感覚はあるが、体が見事に応えている。

──凄い……この、ゴムっていうのを使うと……こんなに早く、繋がれるんだ。

油断したら反響しそうな嬌声《きょうせい》を押し殺しながら、薔は壁に縋《すが》りつく。

指や掌《てのひら》だけでは常盤の勢いを受け止めきれず、肘まで全部を壁に当て、自分の手の甲に頬を押しつけた。そうしても足りないくらい、常盤の抽挿が重い。

「く、ぅ……ん、ぅ……！」

「──ッ……！」

「う、ぁ……ッ」

腰を両手で摑まれ、ずぷずぷと貫かれる。

最奥に迎えるまでの時間も痛みも、普段より早く軽く済んでいた。

狭いところを大きく硬い物で抉《こ》じ開けられる感覚はあるものの、痛みの原因になる引《ひ》き攣《つ》りはない。

「う、ぅ……ん……ふ……ぅ」

薔は声を殺しながらも時折甘い吐息を漏らし、そのたびに唾液を溢れさせる。

顔を押しつけた手の甲が濡れるのを感じたが、どうにもできなかった。

気持ちがよくて、勝手に出そうになる声を止めるのがつらい。

我慢することで、かえって快感が強くなっていた。

「──う、ん……う──ッ！」

こらえきれずに吐精した瞬間、常盤の右手が脚の間に向かってくる。

嵌めていたゴムの根元を、指先で押さえ込まれた。

外れないようにするためだとわかったが、思考する余裕もなく意識が浮遊する。

豪快に放った物が、性器の先にずっと触れているのが不思議だった。

普段は撒き散らしてしまうのに、下着も制服も無事でいられる。

「一度くらいじゃ萎えないだろうが、念のため押さえていろ。萎えた途端に外れるから、零さないよう気をつけるんだ」

「……わ、わかった」

薔は壁に寄せていた顔を上げ、利き手をおずおずと股間に運んだ。

常盤の手から指先へと辿《たど》りながら、彼が押さえていたゴムの端に触れる。

初めて指で触れたそれは、ぬるついたゼリーが付着したゴム製の膜と、チューブに似た輪で出来ていた。ゴムが凝縮したような輪だ。目で確認できないながらも指を引っかけて根元まで引き戻すと、常盤が完全に手を離す。

「う、あ……ッ！」

「──ッ、声を抑えろ」

「……いきなり……ッ」

ゴムを押さえる役目を交代した途端に抽挿を再開され、薔は思わず抗議する。

しかしすぐさま官能的な悦びに呑《の》まれ、息を詰めるばかりになった。

──う、あ……なんか、変な感じ……だ……ゴムの先端に溜まった精液が……ぷるぷる揺れてるし、あと……ゴムの中に逆流してる感じがする。ゼリーとは違う感触の粘液が、少しずつ拡がってるみたいだ。

左手のみで上体を支えながら、薔は絶え間なく奥を突かれる。

双丘が常盤の腰で押《お》し潰《つぶ》される勢いだったが、やはり痛みは軽い。

きついのは腰の方で、これはいつもと同じだった。

後ろからされる時の、腰骨が砕けるような衝撃は凄《すさ》まじいものがある。

常盤が夢中になっていることを感じられる、愛《いと》しい痛みでもあった。

「ん、ぅ……ん、ん……う──ッ！」

「──ッ……！」

二度目の絶頂を迎えた瞬間、体の奥で常盤の雄が爆《は》ぜるのを感じる。

奥の方の一点が、じわりと熱くなるのがわかった。精液を体内に注ぎ込まれる感覚こそないものの、常盤が感じていることも、射精時の脈動も十分に伝わってくる。

「は……ん、ぁ……常盤……ッ」

「薔……」

深く繋がったまま耳元で囁かれ、熱い吐息で耳朶《じだ》を擽られた。

チュッチュッと音を立てながら、首筋や耳の裏にキスをされる。

利き手で押さえていた薔のゴムは、二回分の精液を溜め込んで重くなっていた。勢いを失い始めた雄から、まるで自らの意思で外れるかのように動きだす。しっかり押さえていないと、中の物を零してしまいそうだった。

「最後まで慎重に外して、口を結ぶんだ」

「……う、ぁ……」

後ろから回ってきた常盤の手で、ゴムの輪の位置を少しずつ下げられる。穿《うが》たれたまま誘導された薔は、どうにか中身を零さずに外すことができた。壁に張りついているのでよく見えないが、袋状のゴムの下部から重みを感じる。

「俺が結んでやる」

囁きながら手を伸ばしてきた常盤が、袋の口を器用に結ぶ。それを薔に見せるや否や、「さすがに若いな」と言って笑った。

薄い桃色の膜の中には、白濁した液体がたっぷりと詰まっている。萎《しお》れていた先端の部分は糸瓜《へちま》に似た突起になり、いやらしく膨らんでいた。

「常盤……これ、ゴムって、凄いな」

「——凄い？　何が凄いんだ？」

このお仕置きで薔が怒ったり恥ずかしがったりするのを期待していたのか、常盤は意外そうな顔をした。薔の体から性器を引き抜き、自分が使ったゴムの口も結ぶ。

「何がって……上手く言えないけど、これがあった方が……いいみたいだ」

本当は、上手く説明する自信があった。しかし恥ずかしいので濁しておく。

まず自分が装着していると、下着や制服を汚さなくて済む。後始末がとても簡単だ。

そして常盤が装着していると、挿入時の痛みが軽減されて、後孔だけではなく内部への摩擦も少ない。そのうえ、事後に精液を掻《か》きだす必要がなくなるのだ。

ゴムさえあれば、儀式の時のように性行為のための準備が整っていなくても、速やかに繋がることが可能で、このあとすぐに階段を下りられる。何しろ溢れる物自体が体の中にないのだから、無理やり後孔に力を入れて歩かなくてもよくなり、非常に楽だ。

「ゴムがあった方が、いいのか？」

「いいと思うから使ったんだろ？」

薔が訊き返すと、常盤は衣服を整え、胸元から携帯灰皿を取りだす。

内部が銀色になっている袋状の灰皿に、精液が溜まったゴムを二つ入れた。

その仕草と表情は、どことなく物悲しく見える。

「そんなによかったか？」

「ああ、いいことばかりだと思った」

あくまでも合理的に考えて肯定している薔の前で、常盤は灰皿の蓋《ふた》をパチンと閉める。

不適切なことを言ったつもりはなかったが、常盤の表情を見ていると不安になった。

「そうか……お前が気に入ったなら何よりだ」

「なんでそんなに残念そうな顔をするんだ？」

「なんの先入観も偏見もない率直な意見が胸に突き刺さって、男として立つ瀬がない」

「……立つ瀬が、ない？」

何故《なぜ》か鬱々《うつうつ》と息をついた常盤は、着衣の乱れをさらに直す。

薔も同じようにしながら、自分の発言の何がいけなかったのかを考えた。

しかしよくわからない。お互いが楽に繋がれて、儀式とは無関係にこういう行為に耽る機会を多く得られるなら、それはとてもよいことだ。

ベッドやシャワーがなくても気にせずに愛し合えるなら、いいことに違いないのに……そもそも常盤が持ち込んだ物であり、肯定するのが悪いことだとは思えなかった。

「わからないなら教えてやろう。実のところゴムを使用しても降龍は可能だが、教団では原則として禁止している。だが外の世界ではセックスの際にこういった物を使うのは至極当たり前の常識だ。因みに俺は、お前を抱くまでゴムなしのセックスをしたことは一度もない。誰が相手だろうと、薄い膜で隔《へだ》ててきた」

「──ッ」

「お前とが、初めてだった」

「常盤……」

目から鱗《うろこ》が落ちるように、常盤の言いたいことがわかってくる。

薔にとっては特別に思えたことは、世間的には当たり前のことで、むしろ当たり前だと思っていたことの方が特別だったのだ。知らずに常盤の特別を手に入れていたのに、その価値に気づきもせずに馬鹿《ばか》なことを言ってしまった。

「ご、ごめん……俺……ッ」

「謝らなくていい。合理的な考え方は嫌いじゃない」

「――けど……」

「誰の影響も受けていない、お前自身の率直な意見が聞けてよかったと思っている。何も直接するなと拒まれたわけではないのだし、状況によって使い分けるだけの話だ」

なんだか常盤が必死に自分の心を修復しているように感じられて、薔はこくこくと首を大きく縦に振った。彼の言葉通り、今の状況ならゴムがあった方がいいと思っただけで、今後は必ずそうしてほしいと思ったわけではない。

「男心って、難しいんだな」

「そのうち、『中で出して』と強請《ねだ》らせてやるから覚悟していろ」

「……常盤の頭の中、やることでいっぱいみたいだ」

「当然だろう。人並み以上の精力があり余っている俺が、お前一人と決めたんだぞ。この俺を独占する以上、お前には責任をもってすべてを受け止める義務がある」

「そんなこと真顔で言われても……」

「ここまで苦労した分、愉しんで何が悪い」

困った人だなと笑ってしまった薔だったが、抱き寄せられるとまたしてもふわふわと、雲の上にいるような浮遊感を覚える。

幸せだなと感じるたびに、その裏で苦しんだ人達の顔がちらついて仕方がなかったが、だからといって遠慮などしていられなかった。常盤の言う通りで──誰にも邪魔されずにこういう時間を過ごせるようになるまでに、苦しいこともあったのだ。

一つ一つ乗り越えてきた今、阻《はば》むものは何もない。

「常盤……剣蘭は、椿さんの幸せのために潔く身を引いたけど、俺には、そういう選択は無理だ。常盤の幸せを願って身を引くとか、絶対できない」

「お前に身を引かれて俺が幸せになれるわけがない。薔……お前がそばにいなければ俺は確実に不幸だということを、決して忘れないでくれ」

「常盤……」

その名を口にするなりキスをされ、整えた制服を崩される。

このままずっと雲の上を漂いながら、甘い蜜《みつ》に浸かっていたかった。

いつまでも永遠に、一緒にいたい。常盤を独占し、常盤に独占されていたい──。

2

九月六日、夕刻――公休日でありながらも、教祖からの呼びだしを受けて八十一鱗《くくり》教団本部に出向いた常盤《ときわ》は、紫苑《しおん》に関する正式な任を受けた。

現在、朱雀《すざく》病院の最上階に入院している紫苑は、元陰神子《かげみこ》から教団本部の神子になった例外的な存在で、教祖の愛人である銀了《ぎんりょう》を始めとする神子達に虐げられた末に、引退を目前にして自ら命を絶とうとした。

長年耐え忍んできた紫苑が首を括《くく》る破目《はめ》になったのは、世話係として現れた常盤に惚《ほ》れ込《こ》んだせいで、その一件により常盤もまた、心身及び教団内での評価に大きなダメージを受けた。神子を傷つけた報いとしか思えない事故に遭い、未《いま》だ左手は完治していない。

薔《しょう》のおかげで奇跡的な回復を遂げたものの、折れた脚にも違和感が残っていた。

「俺が同席するのはまずいだろうから、そこら辺を適当に歩いてるよ。アイツは誰だって訊《き》かれたら、ただの運転手ってことにすればいい」

「新進気鋭の日本画家で、天才彫師、さらに名医でもある運転手か」

「まあなんてハイスペックな俺でしょう。誰かさんがすぐ無茶するから、こうして時間を割《さ》いてやってるんだぜ。感謝しろよ」

「もちろん感謝しているとも」

「それなら、『帰りは運転させろ』とか言うなよ、絶対。あと、まだ禁酒だからな」

海岸沿いのレストランまで車を運転した雨堂青一《うどうせいいち》は、心得た様子で砂浜に向かう。

常盤としては自分で運転したかったが、回復が早過ぎることを他人に知られると不審に思われる危険があるため、仕方なく後部座席でやり過ごした。

ここは、常盤が個人的に所有する店の一つだ。ドイツ料理のカジュアルレストランで、風が穏やかな日は、朝となく夜となく、白い砂浜にテーブルを出すこともある。

黄昏時《たそがれ》が迫る今は、太陽が水平線に呑《の》み込《こ》まれる瞬間を特等席で眺めながら、ビールやワインを愉《たの》しむことができた。

「隊長……ッ」

青一と別れて屋外のテーブル席に向かうと、先に着いていた男が立ち上がる。

お互い隊服姿で毎日のように顔を合わせているが、王鱗《おうりん》学園の外で、スーツ姿で会うと妙に新鮮だった。別人と会っているような感覚に陥る。

「隊長はやめてくれ。急に休ませたうえに、こんな所に呼びだして悪かったな」

「常盤様……いえ、とんでもないことでございます。丸一日お休みをいただき、そのうえあのように立派な迎えの車まで用意していただいて、恐縮です」

竜虎《りゅうこ》隊第二班班長の柏木《かしわぎ》は、緊張した面持《おもも》ちで深々と頭を下げた。

夕方から貸しきりにしていたため他《ほか》の客はいないが、もしもいたら、いったいどういう関係なのかと注目を浴びそうなほど低頭している。

常盤には、学園外で会う以上は竜虎隊員の時とは違うという割りきりがあるが、立場の低い柏木の方はそう思っていない様子だった。

「まあ座ってくれ、酒が来たようだ」

物腰の優雅な男性スタッフが食前酒を持ってきて、白いテーブルクロスの上に置く。怪我《けが》とは無関係に今は禁酒している常盤は、自分のグラスには酒を入れないよう事前に伝えてあった。相手にだけ飲ませては警戒されるので、柏木にはドイツワインを出させ、自分の分はモルトグラスと丸氷でウイスキーに見せかけた烏龍茶《ウーロン》を指定していた。

「迎えの車がリムジンで……とても驚きました。あのように目立つことをなさったということは、極秘というわけではないのですね？」

「極秘だと言ったら、葵《あおい》に何も言わずに終われるのか？」

「それは、お話の内容によります」

柏木の将来的な主《あるじ》に当たる、北蔵《きたくら》家の次期当主、葵の名を出した常盤は、今から柏木と交わす会話がすべて葵に筒抜けになることを覚悟していた。

それでも柏木と個人的な接触を持つ必要があり、常盤は教祖に呼びだされたと同時に、柏木の予定を押さえた。あくまでも個人として、彼に確認したいことがあったからだ。

「こちらのお店、贅沢《ぜいたく》な隠れ家といった風情で素敵ですね。特に眺望が見事で」

「この時間帯が一番いいが、朝も悪くない。気に入ったならいつでも来てくれ」

常盤は柏木と共に日没を眺める振りをしながら、彼の横顔を盗み見る。

教団御三家の一つである北蔵家と縁が深い柏木は、現在二十九歳で、品行方正かつ面倒見がよい好青年として、隊員からも童子からも慕われる存在だ。

教団上層部の覚えが目出度《めでた》いエリート隊員であり、当然ながら竜虎隊の入隊条件である容姿の審査もクリアしている。

常盤のように、誰もが振り返るほど際立った美男というわけではないが、暗褐色の髪と瞳《ひとみ》、バランスのよい体軀《たいく》、優しげな声を持ち、誰からも嫌われないタイプの男だった。

「お前は白菊《しらぎく》に想《おも》いを寄せていたな」

この店に関する無難な雑談を一頻《ひとしき》りしたあとで、常盤は本題に入る。

緊張のせいかワインをほとんど飲んでいない柏木は、常盤の問いに目を剝《む》いた。

「今はプライベートな時間だ。正直に答えてくれ。お前が白菊に寄せる想いは、一時的な可愛《かわい》がりではなく、捨てることのできない本物の愛情なのか？」

私は贔屓《ひいき》生に個人的な感情など抱いていません――と、竜虎隊員として理想的な答えを口にする隙《すき》を与えなかった常盤は、白菊に対する柏木の気持ちを断定したうえで、想いの強弱のみを問う。

あまり気が強いとはいえない柏木は、常盤に睨《にら》まれて畏縮《いしゅく》していた。

気を落ち着けるためかグラスに手を伸ばすが、結局飲めずにテーブルに戻す。

「――はい……一時的なものではなく、捨てきれないものだと、思っています」

柏木は躊躇《ためら》いながらも答え、白菊に対する気持ちを明言した。

おそらくこう答えるだろうと予想してはいたものの、希望としては否定してほしかった常盤は、賭《か》けに負けた気分になる。

柏木が想いを寄せる白菊が、どこの一族に近い血を持つ童子なのかは不明だが、実弟の剣蘭《けんらん》が白菊を格別に可愛がっていることを考えると――この辺りで柏木に去ってもらい、剣蘭の恋情が今後白菊に向いた際に、障害がないよう環境を整えておきたかった。

椿《つばき》が剣蘭の前から消えた以上、剣蘭の気持ちがいつ薔に向かわないとも限らない。

恋を知って、以前よりも可愛らしく美しくなった薔に、誰が懸想《けそう》したとしてもおかしくないうえに、剣蘭は常盤と血の繋《つな》がった弟だ。同じ相手に惹《ひ》かれる可能性は大いにある。

薔を守るうえで、同じ贔屓生として薔の近くにいる剣蘭は使える存在だが、まだ若く、気持ちの変化も大きい年頃だ。そういう意味で警戒している部分はあった。

「残念だが、それなら仕方がない。他を当たることにしよう」

「常盤様……ッ」

「用件は以上だ。食事を愉しんでいってくれ」

常盤が席を立つと、柏木もまた席を立つ。

いつになく必死な顔をして、「お待ちください」と語調を強めた。

「私以上の適任者が、他にいるんですか？」

柏木の言葉に驚く暇もなく、常盤は彼が胸元から取りだした封筒に目を留める。

龍《りゅう》の刻印を施された封筒を開いた柏木は、一枚の写真を見せてきた。

如何《いか》にも性格がよさそうで人好きのする、整った顔をした若い男の写真――常盤が今、スーツの内ポケットに入れている写真と同じ物だ。

「この男の代わりになるために、私はここに呼びだされた。そうですよね？」

「何故《なぜ》その写真を？」

いささか驚かされた常盤だったが、すでに出所の推測はついていた。

常盤が持っている写真は、午前中に教団本部で渡された物だったが、まったく同じ物を何日も前に入手している。柏木が手に入れたのは、おそらく今日だと思われた。

「降龍の儀の際、これまでずっと白菊の憑坐《よりまし》として私を指名してくださった常盤様に……進退を懸けてお話しします。どうか、口外なさらないでください。今朝方、私は北蔵家の次期当主、葵様の御召《おめ》しを受けました。この写真を渡され、すぐに竜虎隊を辞めて、現在入院中の紫苑様と接触するよう命じられたのです。どうにかして接触できるポジションを与えると、そう仰《おっしゃ》っていました」

柏木の告白は常盤の読み通りだったが、しかし彼がこうして葵の意図を告げてくるのは想定外だった。

「葵様は、教祖様が常盤様を御召しになることと、その理由を未明にお知りになったようで、紫苑様に関するすべてを常盤様が担うことをご存じでした。本日、教祖様から正式に紫苑様を任された常盤様が、西王子《さいおうじ》一族の男を紫苑様のお世話係として送り込むに違いないと思われたようです。しかしながら……かつて紫苑様を地獄に落として自らも重罰を受けた男は、北蔵一族の人間です。一族の名に泥を塗った竜虎隊員の尻拭《しりぬぐ》いは、同族がすべきだと葵様は仰っていました」

「葵が考えそうなことだな」

「はい……たとえ表向きは引退していて、実質的にも引退間近の神子様とはいえ、西王子一族の男が紫苑様を得るのは筋違いだと、葵様は思っていらっしゃいます」

「お前は葵から、俺が送り込む西王子家の男に負けないよう、紫苑様の御心を摑《つか》めと……そう命じられたのか？」

「はい、その通りです。葵様の推測と同じく、私も、常盤様は紫苑様に西王子一族の男を宛《あて》がい、紫苑様の御心を癒《い》やすことで教祖様の御懸念を解消し、手柄にするおつもりだと考えていました。ですが、それは違いました。常盤様は紫苑様のためだけを考え、他家の人間である私を選んでくださったのですね」

紫苑様のためだけと言われると、そういうわけでもないと内心否定したくなる常盤は、それでも自分の中にある紫苑への誠意は確たるものだと思っていた。

この機に柏木を白菊から遠ざけて、白菊を可愛がる剣蘭の都合のよいように、なおかつ自分にも好都合な環境を作りたい気持ちはあるが——柏木が紫苑を最優先できない以上、無理に押し通すつもりはない。

「選んだとは言っても、お前は候補の一人に過ぎない。紫苑様の恋人だった隊員、桂樹《けいじゅ》はお前の親戚《しんせき》で、写真を見た限りではよく似ている。桂樹を知る隊員に訊《き》いてみたところ、声や雰囲気まで似ているという話だった。白菊が入院していた時期に献身的に面倒を見ていたことからしても、紫苑様のお世話係として適任だと思ったが……お前が白菊を本気で想っているなら、紫苑様の許《もと》に送り込むことはできない。俺が探しているのは、あの方を誰よりも愛し、必ず幸せにする覚悟がある男だ」

「常盤様……っ、私が行きます！　私が必ずや紫苑様を愛し、幸せにします。どうか私を任命してください」

柏木はそう言うなり膝《ひざ》を折り、砂浜に土下座する。

止められる勢いではなかったため、常盤は困惑しながらその様を見ていた。

こんなことをするのは、葵から圧力をかけられたせいだと思われるが、しかし白菊への執着は認めるあたり、実に正直で、この一件に向いている性質の男だとつくづく思う。

「葵様は……多少強引なことをしてでも私を教団本部に送り込んで、紫苑様と接触させるおつもりです。それを聞いた時、私は白菊のことを思いだしながらも、内心……少し楽になりました」

柏木は夕陽《ゆうひ》に染まる砂浜に膝を埋めながら、悲愴《ひそう》感の漂う顔で常盤を見上げる。

その顔もまた夕陽に染まっていたが、にもかかわらず顔色の悪さが見て取れた。

「白菊は、恋に恋しているような、足元の定まらない年頃の少年です。椿姫《つばきひめ》が竜虎隊を去った以上……剣蘭の気持ちがいつ白菊に向かって、兄弟ごっこをしていた二人の関係が進展するかわかりません。私はずっと……剣蘭の存在に怯《おび》えてばかりいました。剣蘭は、白菊が憧《あこが》れてやまない常盤様によく似ています。おそらく、実の弟君であられると思っています。そのうえ剣蘭は白菊のことをよく知っていて、私が割り込む余地はありません。彼らのことを考えると嫉妬《しっと》で胸が張り裂けそうで、私は白菊が大学を卒業するまで、あと四年以上も、こんな想いを抱えながら生きていく自信がありませんでした」

柏木の苦悩が想像以上に深かったことを知るにつけ、常盤の心は決まっていく。

こういった理由でどれだけ頭を下げられても、柏木の望みに従い、彼を紫苑の許に送り込む気にはなれなかった。

「そんな話を聞いたらなおさら紫苑様の許にはやれない。葵がお前を送り込むなら、俺はお前以上に紫苑様に相応《ふさわ》しい相手を探すだけだ」

「常盤様……！」

「白菊を想いながらも、それを断ち切るために紫苑様を利用するなど以《もっ》ての外《ほか》だ」

「常盤様……もし仮に、十八歳の少年と恋仲になったとして、それを永遠に続くものだと心から信じられますか？　少年はいつまでも少年なわけではありません。同性で……歳《とし》の差もあれば余計に、いつか終わる時が来ると思えて恐ろしくなるものではありませんか。紫苑様が不幸になったのも、相思相愛だった男に裏切られたせいです」

今後訪れるかもしれない恋の痛みを恐れ、この機に逃れたがっている柏木を前にして、常盤は薔の姿を思い浮かべる。

閉鎖的な環境から解き放たれた薔が、大人の男として成長し、当たり前のように女性を愛する姿を想像してみたが、それほど恐ろしいとは思わなかった。

もし万が一そうなったら、どんなに汚い手を使ってでも薔を奪い返し、女を抱く以上の快楽に溺《おぼ》れさせてみせる。相手が男でも同じことだ。一瞬でも揺らいだことを後悔させ、何度でも取り戻して繋ぎ止める。

しかしそれらは仮定であって、薔が他の誰かを愛するとは思えなかった。

薔と自分に前世の縁があるという――椿の奇妙な発言が真実かどうかはわからないが、少なくとも今生と来世の二世《にせ》の契りを交わした仲の二人が、ありきたりな心変わりの末に別れることなど絶対にない。

「紫苑様は愛した男を裏切らなかった。年齢は関係ない。裏切ったのはすでに大人だった桂樹の方だ。もしかしたら今のお前と似たような心境だったのかもしれないな。紫苑様が陰神子として捕まった際に別々に尋問され、あの方が何を語るか信じきれずに、すべての罪を紫苑様に押しつけた。お前も白菊の愛情を自ら捨てて、逃げだそうとしている」

「──っ、誰もが貴方《あなた》のように、愛されている自信を持てるわけではありません」

「そうか、それなら自分の自信のなさを相手の若さのせいにするな。私には誰かに愛され続ける自信がありませんとでも言えばいい。想う相手に想われる幸福に恵まれているにもかかわらず、愚かな被害妄想で手放してしまうのは惜しいと俺は思うが、そうしたいなら好きにすればいい。いずれにせよ、お前が紫苑様に相応しくないことはよくわかった」

常盤は背を向けて立ち去るが、その寸前、柏木が砂を握り締めるのを目にする。

男が同世代の男にこんなふうに言われたら、どうなるかは予想がついた。

自分の得にならない発言をしたものだと、我ながら呆《あき》れる。

──柏木は弱気なところがあるが、実直な努力家だ。俺にこうまで言われて、紫苑様に目を向けることはまずないだろう。葵がどう動くかによるが……柏木としては、白菊との関係を見直し、今後は真っ向から向き合うはずだ。

とりあえず在学中は、剣蘭の心が白菊に向いていればいい──薔と自分の安寧《あんねい》のためにそう考える常盤にとって、柏木を紫苑の許に送り込めないのは残念だった。

しかし致し方がない話ではある。紫苑の幸福は絶対で、この件に妥協は許されない。

重い溜《た》め息《いき》をつきつつ駐車場に向かうと、浜辺を歩いていた青一が戻ってきた。

交渉が上手《うま》くいかなかったことを察してか、眉《まゆ》をわずかに寄せている。

「食事をしないってことは、そういうこと？」

「そういうことだ」

「なんか土下座されてなかった？」

「見なかったことにしてくれ」

常盤は青一と共に車に戻り、無意識に車両左の運転席側に向かった。

途中で後部座席に乗らなければならないことに気づいたが、自分で運転したくてたまらなくなる。事が思うように運ばず、好きなことをして鬱憤《うっぷん》を晴らしたい気分だった。

「運転席は俺。お前は後ろ」

手足の怪我が完治していないため、運転席のドアに触れた途端に後ろに追いやられる。

事故絡みで散々振り回したこともあって主治医の言うことを無視するわけにもいかず、不本意ながら助手席の後ろに座ることになった。

「さっきの人、写真の男に似てるよな。遠目で見てもわかる」

「体格や声まで似ているらしい。面倒見がよく誰からも好感を持たれるタイプで最適だと思ったが、あれでは使いようがない。残念だ」

「写真、ちゃんと見せてくれ。ちらっとしか見てないから」

建物の陰になっている駐車場で、青一は後部座席に手を伸ばしてくる。

エンジンをかけたものの発進しない彼に、常盤は封筒ごと桂樹の写真を渡した。

撮影されたのは十年近く前だが、竜虎隊員だった頃の桂樹は爽《さわ》やかな印象の二枚目で、雰囲気的にも柏木に近いものがあった。優しく責任感が強そうで、見た目だけで判断するなら、紫苑を保身のために裏切ったとは思えない好青年に見える。

「この人、俺にも似てない？」

「何を言いだすかと思えば、似ているわけがないだろう。お前はそんなに人のよさそうな顔じゃない。日焼けもしてるし、だいたい似ていたところでなんの意味もない」

「医師で画家の俺から言わせてもらうと、雰囲気は違っても骨格的にはかなり似てるぜ。ついでに髪の色も一緒だし、肌の色はあと少ししたら落ち着く。気の毒な美人の世話係が見つからなくて困ってるなら、一肌脱いでやってもいいんだけどな」

「――っ、性質《たち》の悪い冗談だ。本当に脱ぐことになるんだぞ、わかってるのか？」

「もちろんわかってるよ。適任者がいなくて困ってることもわかってる」

「どれだけ困っても、お前を巻き込む気はない。これは西王子家の問題ではなく、教団の問題だ」

「俺は巻き込まれてもいいと思ってるよ。お前に感謝されるなら、そう悪い話じゃない」

　常盤は青一の発言を真に受けてはいなかったが、ここ最近で五指に入るほど驚かされて顔を引き攣《ひ》らせる。十七歳までの記憶しか持たない紫苑の許に青一を連れていき、二人が恋仲になることを想像すると、頭の中が真っ白になりそうだった。

「くだらない冗談は終わりにして、早く車を出せ」

　青一はまだ何か言いたい様子だったが、常盤は写真を奪い返してシートを叩《たた》く。ただでさえ思うようにいかずに鬱憤が溜まりかけているところに、混乱を汗ぎ足《た》されて内心酷《ひど》く腹を立てていた。

　車はすぐに高速を走りだしたが、ただ乗っているだけでは気が晴れない。

やはり自分がハンドルを握るべきだったと思いながら睨んだ先にいる青一は、幼馴染《おさななじ》みであり、親友でもあり、西王子家と深く関わりのある雨堂診療所の跡取り息子だ。

　極道専門の診療所とはいえ、本人はもぐりの医者でもなければ極道でもなく、もちろん八十一鱗《くくり》教団の信者でもない。常盤は青一に自分の事情を概《おおむ》ね話してはいたが、彼は外の人間に過ぎなかった。だからこそ、ありのままの自分を見せることができるのだ。

　――お前を本当に巻き込んだら、どこで息を抜いていいかわからなくなる。

　夕空の下の高速道路を進みながらも、常盤の脳裏には砂漠があった。

　そこにぽつんと存在するオアシスで、時折羽を伸ばしたくなる。いつかは薔がそういう存在になると思っているが、少なくとも学園にいる間は、薔は渦中の人間だ。

偽りの信仰心を見せる必要も、自分を大きく見せる必要もない友人の存在は不可欠で、失うことなど到底できない。

「篁《たかむら》、なんか後ろから……変なのに煽《あお》られてる感じがするんだけど」

紫苑に関する次の手を考えていた常盤は、声をかけられるなりサイドミラーを見る。

渋滞時だとしても近過ぎると感じるほど真後ろに、白銀のイタリア車が迫っていた。

夕方の上り線は空《す》いていて、十分な車間距離を取れる状況にある。

こちらは4ドアのセダンだが、現金輸送車と同じく、リアウィンドウを潰《つぶ》した黒塗りのドイツ車で、向こうは目を惹くスーパーカーだ。サイドミラーからしか姿が見えないが、おそらく億単位の限定モデルだと推測できる。どちらも一般人が乗るような車ではなく、本来なら煽ることも煽られることもないはずだった。

「──まさか、葵か？」

執拗《しつよう》に煽ってくるスーパーカーを見ながら、常盤は一人の男の顔を思い描く。

柏木と会ったばかりということもあり、この直感は当たりだと思った。

「運転……代われないか、無理だな」

「無理に決まってるって。ああ、俺のドライビングテクで逃げきれるかな……これ」

「焦らなくていい。相手はおそらく、北蔵家の葵だ」

「あのキラキラ御曹司か……」

青一を落ち着かせるために「焦らなくていい」とは言ったものの、後ろの車の運転者が葵だとしたら、嫌な予感しかしなかった。

御三家のそれぞれの跡取りの中で、南条《なんじょう》家の榊《さかき》だけは深窓の令息といった雰囲気で一段高く奥まったところにいたが、西王子家の常盤と北蔵家の葵は、少年期から武道や稽古《けいこ》事《ごと》を通して接触があった。

常に競わされて優劣をつけられてきた関係のうえに反りが合わず、頗《すこぶ》る仲が悪い。

――まずいな、アイツのことだ、わざとぶつけて半壊させることくらいなんとも思っていないだろう。やはり俺が運転すべきだった。

常盤は不完全な手足を忌々《いまいま》しい思いで見下ろしてから、周囲の状況を改めて確認する。交通量は問題ないものの、青一が上手く車線を変えてもぴたりと後ろについてくるのでまったく意味がなかった。

青一は十分な運転技術を持っているが、それはあくまでも一般レベルの話だ。常盤や葵のようにスーパーカーを何台も所有して、サーキットで乗り回すような趣味はない。ましてや葵は、趣味が高じてレーシングチームを持つほど車に入れ込んでいる。

「しつこくケツピタかまされて、もうどうすりゃいいんだか……ああ、鬱陶《うっとう》しい！」

すでに法定速度を大幅に超えるスピードが出ていて、さらに上がりそうだった。減速するのは危険な状態だが、いつまでもこのままというわけにはいかない。

しかし出口はまだ遠く、車の性能から考えても逃げきるのは難しい。

「ハンドルは俺が握る。どうにか今のスピードを保ってくれ」

「いや無理だって！　つーか、この状況でなんでシートベルト外してんだよ！　お前っ、一応まだ怪我人なんだぞ！」

青一の言葉に構わず、常盤は後部座席からハンドルに手を伸ばす。

医療用テープを巻かれた左手の握力が不完全だが、ハンドルを切る力はあった。

問題は車両の圧倒的な性能差だ。高出力、高性能の車にぎりぎりのところまで迫られているうえに、バックミラーが使えないセダンで振りきる自信はないが、このままやられっ放しというわけにはいかない。

「篁……おい、何やってんだ⁉」

「速度だけ気にしていろ。死んでもブレーキは踏むな。ハンドルは支えるだけでいい」

常盤は身を乗りだして左手でハンドルを握ると、右手で携帯電話を操作する。

自分からかけることなどまずないと思っていたが、登録したリストから葵の名を選び、電話をかけた。サイドミラーを見て葵の車以外に後続車がないことを確認しながら、葵の車が一瞬速度を落とした隙を狙《ねら》う。

「うわ……ッ！」

「速度を落とせ」

青一が慌ててブレーキを踏まないよう、決して声を荒らげなかった常盤は、二車線先に向けて一気にハンドルを切った。スリップさせないよう注意を払い、見事に車線を移す。かけた電話が繋がったのか気にする余裕はなかったが、着信音で葵の気を逸《そ》らせたのは間違いなかった。

「おおっ、さすが！　振りきった！」

「アイツにカマを掘られるのは勘弁だからな」

「そりゃそうだ。よし、今回も無傷でお前の勝ち！」

スピードをいくらか落としていたとはいえ、右車線に残った葵の車はそのまま真《ま》っ直《す》ぐ走り去ることになる。

青一は後続車がいないことを確認するなり法定速度までスピードを落とし、張っていた肩の力を抜いた。

「あとは頼む。電話が繋がったようだ」

「向こうは運転中だろ」

呆れる青一を余所《よそ》に、常盤は乗りだしていた体をシートに預ける。

携帯電話の向こうからは、くすくすと笑う声が聞こえてきた。

「――葵、これはどういうつもりだ？」

『やあ常盤、久しぶり。ラブコールで気を逸らすなんて卑怯《ひきょう》じゃないか』

「お前に言われたくない。一歩間違えれば大惨事だぞ、ふざけるのもいい加減にしろ」

『幸運に恵まれている俺達が事故になんて遭うわけないさ。神子を自殺に追いやるような馬鹿《ばか》な真似《まね》さえしなけりゃ平気だろ……次のパーキングエリアで待ってる』

明るい口調から別人のように低い声に切り替えた葵は、いきなり通話を終えた。

無視する手もあるにはあるが、その場合はパーキングエリアから追ってきて、出口まで延々と嫌がらせを受けることになりかねない。交通事故に遭っても蕾のおかげで冥感《みょうかん》を受け、奇跡的な回復を遂げた自分とは違って、青一に万が一のことがあったら取り返しがつかなくなる。それを思うと、葵の誘いに乗るしかなかった。

「ちょっと聞こえちゃったけど、パーキングエリアに向かうのか？」

「そうしてくれ。北蔵筋の柏木を呼びつけた以上、何かしら文句を言われても仕方がない面はある。嫌がらせをされる前に話をつける」

「了解。とりあえず休めるならありがたい」

青一はどれだけ痛々しい傷を見ても平然としている外科医だが、カーチェイスは心臓に応《こた》えたらしい。疲れた様子でパーキングエリアに向かう。

教団の人間ではない青一が紫苑の世話係になり、恋の相手として憑坐を務め、月に一度紫苑を抱くなど、常盤には端《はな》から考えられない話だったが——それに対する抵抗が、より一層強くなった。

極道と接しているため危険は覚悟のうえで、肝が据わっているところがあるにしても、やはり青一は部外者だ。実在する邪神を崇《あが》める宗教団体になど関わるべきではない。

「お前はここで休んでいろ。外に出ても構わないが、葵とは顔を合わせるな」

常盤は薄暗いパーキングエリアの片隅で車を降りると、五つ先の駐車スペースに停《と》まる白銀のスーパーカーに近づいた。

空に向けて開いたシザードアから、背の高いスーツ姿の男が出てくる。

さらりと風に流れるストレートの長髪は明るい色で、生来のスタイルのよさに加えて、ジムで鍛え上げられた体はシャープなラインを描いていた。

目鼻立ちが凛々《りり》しく整っているのはもちろんのこと、男らしい中にも繊細な柔らかさと親しみやすさがあり、そのうえ実年齢よりも十は若く見える。

タレントにでもなったらさぞかし持《も》て囃《はや》されそうなきらびやかな美貌《びぼう》に加え、威圧感を抑える術《すべ》を心得ていた。常盤とは正反対に、陽の気が強いタイプだ。

八十一鱗《くくり》教団の中で、常盤が「教団一の美男」と謳《うた》われるのを受けて、北蔵筋の人間は「葵様は日本一の美男」と対抗し、西王子一族からは失笑を買っているが、実際のところその称賛が似合う男と言っても過言ではないと、常盤は思っていた。

面と向かって本人に言ってやる気はないが、中身とは無関係に造作だけで見るならば、確かに美しい男だと認めている。

「何故こんな馬鹿な真似をしたんだ。喧嘩《けんか》を吹っかけるなら、俺が独りの時だけにしろ。もちろんサーキットでな」

「そうだな、そうじゃなきゃ勝っても意味ないし、負けても全然悔しくない」

「自慢の愛車を危険に晒《さら》してまで煽った理由はなんだ？」

「訊くまでもないだろ、柏木のことさ。いくら竜虎隊員だからってプライベートでうちの人間を勝手に呼びだすのは筋違いってもんだ。まあ、話によっては歓迎するけど」

葵は愛車に寄りかかりながらスーツのポケットを探り、封筒を取りだす。

柏木が持っていた物と同じ封筒で、中身も同じだった。

「お前もこの写真を持ってるだろ？　贔屓生だった紫苑様を神子として目覚めさせ、本来なら大手柄だった北蔵一族の男だ。愚かなことに、コイツは紫苑様が神子になったことを隠して陰神子として匿《かくま》い……捕まった途端に紫苑様に罪をなすりつけて重刑に処された。そういう事情があるからこそ余計に、今回の紫苑様のお相手は北蔵一族から出すべきだと俺は思ってる。外見的にも性格的にも柏木が最適だろ？　お前が誰を送り込もうと勝てる気でいた。そういう自信があったんだ」

「勝つも何も……俺が最初から柏木を選べば、お前の望み通りになる。誰にするかはまだ決めてないけどな」

「じゃあ端的に言わせてもらう。紫苑様のお世話係として、柏木を推薦しろ」

「何故お前に命じられなきゃならないんだ？　もしもこれが切実な頼みだったとしても、あんな嫌がらせのあとでは道理が通らない」

「お前がうちの人間を勝手に呼びだすから悪いんだろ？　そもそも、強《したた》かなお前が候補の中に柏木を入れるなんて想像できると思うか？　これを機に紫苑様を西王子家に引きずり込んで、運気を高めるのが次期当主としての筋ってものだ」

「紫苑様は表向き引退した神子で、実際のところすでに引退している可能性もある。もし今も龍神の寵《ちょう》を得ているとしても、教祖選が始まる頃には確実に引退してる」

「なるほどね……お前の言葉が本当で、下心が全然ないっていうなら、お世話係はうちの柏木でいいはずだよな。アイツ以上なんて考えられないし」

「そんなに推したいなら、自力で柏木を送り込んだらどうだ？」

葵の様子からして、常盤は己に分があることを察していた。

先程会った柏木は、葵の力で紫苑と接触させられると覚悟していたが、おそらくそれは難しくなったのだ。そうでなければ、こうして葵が直接要求してくるはずがない。

常盤自身にも心当たりがあり、教団本部で謁見した教祖から、「紫苑の件は一任する。くれぐれも神の御機嫌を損ねぬよう、必ずや紫苑を満足させろ」と言われた。

つまり常盤が紫苑と接触する人間を徹底して制限する態勢を敷けば、葵が柏木を紫苑に近づけるのは難しくなる。

「紫苑様が意識を取り戻してから先、教祖様は原因不明の微熱続きで体調が悪いらしい。そういうわけで紫苑様を不幸な目に遭わせるのを恐れてる。この件に関しては随分《ずいぶん》と頑《かたく》なになっていて、お前が選んだ男以外は近づけないってさ」

「そのようだな。お前が推したい柏木を、俺は候補の一人として考えてはいるが、実際に選ぶ可能性は低い」

常盤がそう口にした途端、葵は眦《まなじり》を決して車から離れる。

前髪が触れそうなほど近くまで迫ってきて、「納得いかないな」と声を低めた。

「そもそも今回の件、お前が仕切ること自体がおかしい。紫苑様を追い詰めて不幸にした男が、なんだって汚名返上のチャンスを与えられるんだ？」

「最初に紫苑様を不幸にしたのが北蔵一族の男だから、今回の紫苑様のお相手は北蔵から出すべきだと言ったのはお前だろう」

「百歩譲って、今回の一件は北蔵か西王子か、どっちが請け合うか公平に決めるべきだ。なんだってなんの相談もなく決まってるんだ？　どうせお前が、その妙な色気で榊さんを籠絡《ろうらく》して、教祖様から今回の件をもぎ取ったんだろ。それしか考えられない。お前自身が身を削って紫苑様に仕えるって話なら文句は言わないけどな。お前が起こした前代未聞の醜聞が、転じて西王子家の幸運に繋がるのは納得いかない。当然だろ？」

「うちの人間を送り込むなんて、俺は一言も言ってない」

常盤はあまりにも近づき過ぎている葵の肩を押し、常識的な距離を取る。

いくら人気《ひとけ》のないパーキングエリアの端にいるとはいえ、どちらの車も目立って注目を浴びているうえに、長身の若い男が二人、ゲイの痴話喧嘩《ちわげんか》だと思われても仕方がないほど近くで顔を突き合わせる姿はいただけないと思っていた。

「常盤……今回の件、お前が一任されたとはいっても、実際には紫苑様が選ぶべき話だ。条件に合う候補者を何人か用意して紫苑様に会わせる形を取れ。その候補者の中に柏木を入れることを、北蔵家次期当主として要求する」

「もちろんそれも考えていた。だが面通しをする候補者の中に柏木を入れるかどうかは、俺が決めることだ」

「お前……自分の立場がわかってないのか？　今回の件に関して教祖様に一任されたとはいっても、お前は所詮《しょせん》、御三家の三番手の人間だ。本来は裏方の家の跡取りに過ぎない。榊さんに気に入られてるからって、あの人や俺と肩を並べてるなんて思うなよ」

「自分の立場はもちろん、これだけではお前が納得しないこともわかっている。紫苑様を苦しめておきながら、俺自身が身を捧《ささ》げられない申し訳なさもある。だから現時点で一つ約束をしよう。候補者の中に、うちの人間は一人も入れない」

「──ッ」

「これで少しは溜飲《りゅういん》が下がったか？」

絵に描いたような美貌を見据えた常盤は、葵の眉間《みけん》から皺《しわ》が消えるのを見届ける。長い髪を指でかき上げる仕草からして、一応のところ納得した様子だった。

「候補が決まったら連絡する。余計なことはするなよ」

「約束は守られてこそ約束だ。絶対に破るなよ」

「お前は交通ルールを守れ。あれじゃ一発で免取りだ」

「余計なお世話。警察くらい動かせなきゃ、北蔵家の跡取りは務まらない」

不敵な顔を背けて踵《きびす》を返した葵と別れ、常盤も自分の車に戻る。

葵の主張や柏木の想い、そして青一の提案により、候補を一人に絞ることができた。

自己都合で柏木を厄介払いできなかったのは残念だが、あくまでも紫苑を主体に考え、今回の件で青一を巻き込んだり、他家と要らぬ軋轢《あつれき》を生んだりしないためには誰を選べばよいか——元より見えていた答えが、色や立体感をもって明確になる。

「車を出してくれ、もう追ってこないはずだ」

「了解。御曹司は相変わらずみたいだな」

セダンの後部座席に座ると、車内で待っていた青一が苦い顔で笑った。

常盤と葵の接点は幼い頃からあり、それらは教団に絡むものばかりではなかったため、常盤と大して歳の変わらない青一もある程度は自分の目で見ている。

青一が知らない教団内での因縁が始まったのは、葵より年下の常盤が、教団の園遊会にデビューした時のことだった。「榊さんには気に入られておきなさい」と親から言われていたにもかかわらず、常盤は榊に興味を示さず、そのくせ視線一つで榊の心を摑んだ。

先んじて、持ち前の人好きのよさと輝くばかりの美貌を利用し、榊のお気に入りというポジションを得ていた葵は、常盤にあっさり敗北した形になる。そのうえさらに、常盤が葵を嫌っていると知った榊が自主的に葵を退けたため、常盤と葵の関係は一層拗《こじ》れた。

狙った相手からは必ず好かれると信じて疑わなかった葵のプライドは、愛される努力を微塵《みじん》もしない無愛想な常盤によって、いとも簡単に踏《ふ》み躙《にじ》られたのだ。

さらに悪いことに、教祖がいる南条家の価値観は教団全体に影響を及ぼすこともあり、教団内では常盤こそが最高の美少年という見方をされ、教祖候補全員が三十代まで育った現在でも、葵は容姿に於《お》いて常盤より下に位置づけられている。

神子だけではなく教祖にまで見目の美しさが求められている教団内で、二番手の扱いを受けることは幾分不利であり、自信家の葵には酷く屈辱的な話だった。

「相変わらず美形オーラ全開だったな、葵さん。しかも異様に若いよな。見た目だけなら二十代前半くらいに見えるし大学生でも通りそうで、お前より年上の気がしない」

「嘘《うそ》のような話だが、あれで四人も子供がいるんだぞ。未婚だけどな」

「知ってる。姐《あね》さんがよく、『葵さんには四人も子供がいるのよ！』って、お前に怒鳴り散らしてるし」

「教祖選を有利に進めるためなら、なんでもする。そういう意味では真っ直ぐな男だ」

動きだす車内から、常盤は葵の車を眇《すが》める。

あとで追い抜く優越を味わいたいのか、葵は運転席に乗り込みながらも動かなかった。

榊に続いて葵にまで会ったことで、常盤は三年後に行われる教団内選挙を意識する。

教祖選の段階で妻や子が必須《ひっす》というわけではないが、跡取り息子がいると非常に有利になると言われており、常盤が両親から結婚を急《せ》かされているのは事実だった。

候補者三人はいずれも未婚だが、葵には三人の娘がいて、四人目で遂《つい》に男子が生まれている。御三家の格にしても、葵は最有力候補の榊に次ぐ二番手につけているうえに年齢も二番目で、容姿や健康面での問題もない。

南条家の息子が最有力とされる一方で、連続して同じ家から教祖を出すことに反対する幹部も一定数いるため、跡取り息子を得た葵は、三番手の常盤に大差をつけて榊に迫っているいると言える状況だった。

元より不利な常盤が、「教祖選までにせめて子供だけでも」と方々から求められるのは当然だったが、常盤は誰のためであろうと、なんのためであろうと、その手だけは絶対に使わないと決めている。そもそも選挙で負けたから教祖になれないというわけではなく、第一候補に選ばれなければ、圧倒的に不利になるというだけの話だった。最終的に教祖を選ぶのは龍神であり、ポイント稼ぎのために子供を作る気は微塵もない。

「神子さんのお世話係の件、決まったみたいだな」

「そう見えるか？」

「なんとなく、もう次のことを考えてる顔してる」

「——お前には何も隠せないな」

　バックミラー越しに視線を送ってくる青一に、常盤は苦笑を返す。

　三年後の教祖選の件よりも、今は紫苑のために動くのが先だ。

　月に一度、男に抱かれて龍神を降ろさなければならない紫苑と、真に恋仲になれる男を選定する必要がある。紫苑を生涯愛し抜く、気概と責任感のある男だ。

「俺を候補に入れてくれてもよかったんだけどね。何しろフリーだし、医者だし、たぶん男もイケるし、元恋人にちょっと似てるし」

「似た男より本物がいい。本人に出てきてもらおう」

　常盤は瞼《まぶた》に焼きついている桂樹という男に焦点を絞り、他の候補者を消す。

　高速道路に戻った青一は、驚きのあまりしばし言葉が出ない様子だった。

「裏切り者の罪人なんじゃないのか？」

「人生の分岐点で、一度も間違えない人間なんていないだろう？　誰でも罪を犯すことはある。問題は、そのあとどうしているかだ」

「篁……」

「彼の罪は簡単に許されるものじゃないが、紫苑様への想いという点で考えれば、彼ほど強い気持ちを持っている人間はいない」

桂樹という男が今どこでどう過ごしているか、常盤はすでに調べ終えていた。

教祖を説得して彼を地下牢《ろう》から出し、紫苑の世話係にした場合、常盤にはなんの得にもならず、逆に北蔵家には上々な展開になる。二人が恋仲になればなおさらだった。

——この際……誰が得をしようと損をしようと構わない。柏木の心が白菊にある以上、紫苑様に最も相応しいのは桂樹だ。裏切りの罪を犯し、長年悔やみ続けているからこそ、あの方に残りの人生を捧げ……一生を懸けて仕えることができるかもしれない。

すっかり暗くなった車窓を見ながら、常盤は今から桂樹に会いにいくことを決める。

紫苑を教祖から任せられることを榊から聞いてすぐに、身分を隠す形で一度だけ会っていた。

しかし今夜は名乗ってから会い、彼の人となりと意思を改めて確認しようと思う。

紫苑に届けられることのない謝罪の手紙を、八年もの間《ま》……実に数百通に及ぶほど書《か》き綴《つづ》りながら猛省してきた桂樹は、罪を償う時が来るのを今か今かと待ち侘《わ》びている。

同じく罪を抱える者として、常盤には彼を責めきれない気持ちがあった。

3

文化祭初日——贔屓《ひいき》生カフェは開店からの一時間をプレミアムタイムとして、招待状を持つ教職員や竜虎《りゅうこ》隊員を迎えていた。

薔《しょう》は常盤《ときわ》の来店を期待しないよう、なるべくそれについて考えることを控えていたが、茜《あかね》の予想通り、常盤は学園育ちではないことを理由に、「後学のため」と言って現れる。

同伴者は、最近よく連れている側近の業平《なりひら》や部下の橘嵩《きったか》ではなく、何故《なぜ》か第二班班長の柏木《かしわぎ》だった。

二人は店内奥のテーブルに着き、エスプレッソを飲んでいる。

常盤は柏木に、贔屓生カフェについて何か質問をしている様子だった。

「なんだか信じられない……夢みたいな組み合わせだよね。柏木様と一緒に来てくださるなんて、常盤様ってなんてお優しいんだろう。もう、感動しちゃう……」

カーテンで仕切られたバックヤードから客席のフロアを覗《のぞ》いていた白菊《しらぎく》は、熱でも出しそうなほど顔を赤くして、興奮を隠しきれずにいる。

薔とて何が起きているのかわからず、二人を店に迎えてオーダーを取った張本人でありながらも、床の上に立っている気がしなかった。

「どうして、柏木さんと一緒だと常盤が優しいってことになるんだ？」

「え……だって、贔屓生カフェに来るのは新人の隊員くらいなんだよ。柏木様は第二班の班長でしょう？　そういう上の人は、プレミアムタイムの招待状を持っていてもなかなか来られないものなんだよ。来ちゃいけない決まりがあるわけじゃないと思うけど、たぶん雰囲気的にというか、慣習として？　だけど常盤様は学園育ちじゃないから……柏木様に『後学のために案内してくれ』とか誘って、例外的なことができるでしょう？」

「そうか、常盤が誘ったから柏木さんは……白菊のギャルソン姿を見られたんだな」

「常盤様のお優しさ、さりげないお気遣《きづか》い、わかってくれた？」

「あ、ああ……まあ……とりあえずよかったな」

常盤には常盤の下心があるだろうけど――と、すでに全身を舐《な》めるように見つめられた薔は思ったが、常盤が褒められていることに悪い気はしなかった。

事のよし悪《あ》しに関係なく熱を出して倒れがちな白菊が元気に文化祭に参加して、小さな体を駆使してよく動き回り、きゃっきゃと楽しそうにしていることも嬉《うれ》しい。

「薔、常盤様ばっか見てないで。あっちのテーブル、呼んでるぞ」

背後から剣蘭《けんらん》に指摘され、薔は彼が示すテーブルを見た。

薔が担当しているテーブルは三つあり、そのうちの一つに着いている教師の一人が手を挙げている。

「あ、ごめん……ありがとう。すぐ行く」

薔はオーダー表を手にフロアに出ると、常盤の前を通って教師のテーブルに向かう。

中等部の時に担任だったことがある教師から、「追加の注文をいいかな?」と訊かれ、薔は「どうぞ」と答えながらも常盤の視線に囚《とら》われていた。

柏木の肩越しに、常盤が自分を見ている。

針の先で皮膚の表面を心地《ここち》好い程度に軽く掻《か》くような、こそばゆい視線だった。

顔から首へ、腕から背中へ、そして腰を経由して尻《しり》で止まる。

以前の自分なら気づかなかったかもしれないが、今はそれがどういう意味合いのものか察しがついた。制服よりもはっきりと出るボディラインを、明らかに愛《め》でられている。

「アイスカフェラテと、フォンダンショコラを追加ですね?　フォンダンショコラは焼き上がりまでに十五分ほどお時間をいただきますが、よろしいですか?」

常盤からオーダーを取った時は酷《ひど》く緊張していた薔だったが、昔の担任教師に対してはなんの感情もなく、マニュアル通りの確認ができた。

「それだとプレミアムタイムが終わってしまうな。生徒達が来る時まで教師が居座るのは申し訳ないし、じゃあホットチェリーパイのアイスクリーム添えにしよう」

「はい、ではアイスカフェラテと……ホットチェリーパイのアイスクリーム添えをお持ち致します」

「ああ、それで頼む。薔、君が真面目《まじめ》になってくれてよかったよ。高二の秋頃から頻繁に問題を起こすようになったと聞いて、何があったのかと心配していたんだ」

「ご心配ありがとうございます。もう、大丈夫です」

優しげな目をした教師に向かって、薔はぺこりと頭を下げる。

テーブルの距離からして今の会話が常盤に聞こえている可能性は高く、なんだかとても気まずかった。薔が問題を起こし始めたのは常盤が学園に現れてからで、一言で言うなら常盤の気を引くために非行に走ったのだ。

──もうわかってることだし、いまさらだけど……。

薔は常盤と顔を合わせないよう気をつけながらバックヤードに戻り、オーダー表を調理部の担当者に渡す。

そうして改めてフロアを覗くと、常盤がこちらを見ていた。

薔のすぐ横には剣蘭もいるが、常盤が見ているのは自分だとわかる。

今度は性的な視線ではなく、薔の成長を純粋に喜ぶような、穏やかな視線だった。

いくらプロが手を加えた本格的なカフェとはいえ、あくまでも贔屓生が主役の文化祭の模擬店に、常盤がいることが不思議でならない。

知らず知らず恋をして……それを恋だと気づかずに常盤の気を引こうとしていた自分と同じように、常盤もまた、本来やらないようなことをたくさんしていた。

こうして理由をつけて見にきてくれたり、もっと大きな意味では、狂信者の振りをして竜虎隊の隊長として見守ってくれたりと、愛情故に己を曲げている。

――ありがとう。

来てくれてありがとう、この衣装を見てくれてありがとう。

いつもいつも、無理をしてでも近くにいてくれて、本当にありがとう。

感謝の念と、常盤を好きだと思う気持ちが込み上げてきて、薔はじっとしていられなくなる。とにかく近づきたい衝動に駆られ、数歩離れていることさえ耐えられなくなった。

「薔、おい……どこ行くんだよ」

常盤と柏木が席を立った途端、薔は剣蘭が止めるのも聞かずにフロアに出る。

学園内で金銭のやり取りはないため、客が帰る時は声を揃《そろ》えて礼を言うだけだった。

いちいち見送りのような真似《まね》はしないが、近づかずにはいられない。

「今日は……ありがとうございました」

カフェの出入り口に向かう常盤に声をかけると、控えめな笑みが返ってきた。

他人の目を意識した表情ではあったが、薔の体温を優に上げるような微笑だ。

「この学園の新しい一面を知ることができて、とても有意義な時間だった」

「……それは、よかったです」

「本番はこのあとだろう？　忙しくなるだろうが、肩の力を抜いて励むといい」

常盤が薔の肩に触れ、緊張を解《ほぐ》すように撫《な》でた瞬間、背後からパタパタと足音が迫る。

メニューを胸に抱いた白菊が、「ありがとうございましたっ」と声を上げた。

さらに剣蘭や茜まで追いかけてきて、常盤に同じことを言う。

結局、他《ほか》の教職員にはしないことを常盤にだけはするという特別扱いになったが、教団御三家の一つである西王子《さいおうじ》家の次期当主が格別な待遇を受けたところで、不審に思ったり不満に感じたりする人間はいなかった。


贔屓生カフェが閉店したあと、薔は茜や剣蘭、白菊と共に各教室を回る。

白い制服姿の贔屓生は目立つうえに人気があるため、どこに行っても歓迎され、場合によっては騒ぎになる有り様だった。途中でギブアップした薔は、最も持《も》て囃《はや》される剣蘭と別行動を取ることに決め、茜と並んで中庭のベンチで休む。

他者よりも目立って騒がれることを、剣蘭や茜のように愉《たの》しむ余裕がない薔は、注目を浴びたり囲まれたりすることを面倒に思い、ストレスを感じていた。

常盤との会話の余韻を胸に、さっさと宿舎に帰りたくなる。

「あ、そうだ。道場は？　そこなら薔のホームだし、落ち着いていられるかも」

太陽が西の空に傾いていく中、薔は茜の提案に顔を上げた。

剣道のことを考えるとつらいのでなるべく忘れるようにしていたが、こういう時くらい考えてもいい気がしてくる。何しろ今日は普段とは違い、ある程度は自由に動ける。行きたい所に行ったり、縁遠くなったものに心を寄せたりしてもいいのだ。

「薔先輩！　来てくださったんですね！」

茜と二人で道場に顔を出すと、高等部二年の後輩が二人、真っ先に駆け寄ってきた。身長差のある二人組で、競闘披露会の時に無理をして薔に会いにきた楪《ゆずりは》と莎草《ささめ》だ。

さらに続々と、道場中から後輩達が集まってくる。「先輩！」「薔先輩！」と呼ぶ声は、贔屓生というだけで群がってくる後輩とは色が違っていた。

「お会いできて光栄です。先輩がいない剣道部はこんなに寂しい状態で、例年なら文化祭限定の体験レッスンに希望者がたくさん集まるのに、朝から一人も来ませんでした」

「今いる部員のほとんどは薔先輩に憧《あこが》れて入部しましたから、皆あまり元気がなくて」

楪と莎草の凸凹コンビが目を潤ませて訴える中、竹刀《しない》を手にした三年生が現れる。

薔や茜と同じ翡翠《ひすい》組の生徒で、小暮《こぐれ》という名の少し強面《こわもて》の男だった。

部活が同じだったこともあり、贔屓生以外では比較的薔と接点のある同級生だ。

「薔、今日は多少自由に動けるんだろう？　たまには相手をしてくれよ。お前がいないと張り合いがないのは後輩ばかりじゃない」

「小暮……」

必要以上のことは話さない寡黙な性格のうえに、美少年が多い学園の中で地味な容貌の小暮は、蕾に近づいたからといって第三者に目の敵にされることがなかった。

茜とは違って杏樹《あんじゅ》に邪魔されずに済んだため、小暮は中等部の頃から細く長く蕾と付き合いがある。あくまでも剣道仲間に過ぎないが、クラスメイト以上の存在だった。

「蕾、俺も見たい！　久しぶりにちゃんと防具つけて、竹刀を握ってほしい。ギャルソン姿も抜群だったけど、やっぱり俺は剣道やってる蕾が一番好き！」

声を弾ませる茜に追従するように、部員達が揃いも揃って拍手をする。

文化祭のあとに展示物を見回る程度ならともかく、着替えて防具をつけるとなると違反行為になると思ったが、乗せられて走りだす蕾の気持ちは止まらなくなっていた。

小暮と共に道場の更衣室に向かい、久しぶりに自分のロッカーを開ける。

贔屓生に選ばれて退部同然の長期休部が決まった時点で、施錠は解いてあった。

必要に応じて開けていいという意味だったが、どうやら本当に開けられていたらしく、ささくれ一つなく手入れをされた竹刀と、洗い直された形跡のある道着が入っていた。

「着替えたら来てくれ、向こうで待ってる」

小暮は太い声でそう言ったが、常に平常心の彼にしては声が弾んでいるのがわかった。

当たり前に剣道部にいた頃は、自分がそれほど慕われているとは思わず、剣道ができることに別段感謝したこともなかったが、今にして思えば傲慢《ごうまん》だったと気づかされる。

制服から道着に着替えた薔は、防具をつけ、竹刀と面を手に更衣室を出る。

道場に再び足を踏み入れる前に、一旦《いったん》立ち止まって道場に対して一礼した。

そうして顔を上げた時には、感じ取る空気が変わる。

小暮を始めとする三年生と、後輩達、特等席で目を輝かせている茜と、あとからやって来た剣蘭と白菊の視線を受けながら、薔は背筋を伸ばした。

いつ竜虎隊が踏み込んできて中断させられるかわからないが、今は何も考えず、贔屓生だということも陰神子《かげみこ》だということも忘れて、懐かしい空気の中に身を投じる。

「元立ちを頼む」

小暮に言われ、薔は少し躊躇《ちゅうちょ》しながらも「わかった」と答えて面を着けた。

元立ちは稽古《けいこ》をつける側なので、通常は指導者や上級生がやる。実力の差が大きかった以前ならともかく、素振りすらろくにしていない自分がやるべきではないと思った。

しかし小暮は稽古をつけてもらう掛かり手を望み、そのつもりで目の前に立ったので、薔は拒めずに相対する。互いに礼をし、蹲踞《そんきょ》した。

竹刀を構え、立ち上がってから打ち込みを受ける。軽く隙《すき》を与えて打ち込ませ、看過し難《がた》い隙があれば逆にこちらから打ち込んで、如何《いか》に隙があるかを知らしめた。

剣道は、試合にしろ稽古にしろ声を出して応援するものではないため、薔が再登場した時点で、道場内は静まり返っていた。

竹刀がぶつかり合う打音が、空間に響き渡る。

連続して十本、薔は襲いかかってくる打突に応じた。

メンやドウの切り返しが続く中、隙をついてドウを狙《ねら》う。

以前なら確実に決まっていたが、小暮は上手《うま》く跳《と》び退《の》いて構え直した。

「――ッ、ゥ！」

「ウウゥ――ッ！」

鍔《つば》迫《ぜ》り合《あ》いになり、力負けしそうになる。

小暮の唸《うな》り声には気迫があり、先程までの打突も薔が知っているものより重かった。

生温《なまぬる》い九月の空気に汗を滴らせながら迫り合い、同時にバンッと弾《はじ》けるように引く。

そのまますぐに打ち込まれてひやりとした薔は、小暮との持久力の違いを感じた。

今は技術的な差で自分の方が上手《うわて》だが、これ以上剣道から離れていたら、そう遠くないうちに逆転されてしまうだろう。そうなったら嫌だの悔しいだのと思う一方で、こうしているころがたまらなく楽しかった。

裸足《はだし》で感じる床の冷たさ、竹刀や防具や面の重み、道場に流れる独特の緊張感、脳まで痺《しび》れるような打音――ここにしかないものに五感を刺激され、血沸き肉躍る感覚が蘇《よみがえ》ってくる。同性に恋をして、龍神《りゅうじん》の愛妾《あいしょう》になり、何度も抱かれ、以前の自分とはまるで違う自分になった気がしていたが、変わらない自分が今も生きていた。

常盤と再会したことで新たに多くのことを付け加えられただけで、決して別人になったわけではないことを実感する。自分の根底は、それほど変わってはいないのだ。

時間が流れ流れて、贔屓生の期間が早く終わればいいと切実に思う。

大学部の剣道部に入り、遅れを取り戻して強くなりたい。

「ヤメ！」

本当はもっと続けたかったが、薔は小暮が「参った」と言う前に終了を告げた。

贔屓生という立場上、怪我《けが》をしてもさせても大事《おおごと》になるという事情もあるが、何より、小暮に「参った」と言わせるのが容易ではないと感じたからだ。

以前の薔は体格とは無関係に強過ぎて、同学年は疎《おろ》か一つ上の学年にも敵がなく、早く大学に上がって体が完全に出来上がった大人と戦いたいと思っていた。

けれども自分が離れている間に、同級生はめきめきと腕を上げていたのだ。

焦ると同時に、胸が熱くて興奮が冷めやらない。

「薔先輩っ、素晴らしい掛かり稽古でした！」

「お疲れ様です！　本当に凄《すご》い気迫で、膝《ひざ》が震えました！」

長めの掛かり稽古を一度のみで終わらせ、礼をした途端に後輩が声を上げた。

凝縮された時間の中で、絶えず打ち込んだ小暮や、それに応じた薔以上に興奮している部員達が一斉に集まってきて、薔はたちまち揉《も》みくちゃにされる。

幸い竜虎隊に邪魔《じゃま》されることはなく、ぴんと張り詰めていた道場の空気は、ボリューム摘《つ》まみを一気に回したような笑い声や、止《とど》まるところを知らない活気に包まれた。

薔は面を外し、ふと、気になる視線に引きつけられて入り口を見る。

「お前って、剣道やってる時は結構カッコイイんだな」

わいわいと騒がしい中で、視線の主は一際よく通る声で言った。

高等部三年で最も人気の高い贔屓生――剣蘭の一言に、全員が静まり返る。

大きな声を出したわけでもないのに大騒ぎを一瞬にして抑え込む剣蘭は、やはり実兄の常盤とよく似ていて、カリスマ的な空気を漂わせていた。

「剣蘭、いまさら薔の魅力に気づいたとか言っても駄目だからな。割り込み禁止」

剣道部員が剣蘭の存在感に圧倒される中、茜は屈することなく剣蘭に咬《か》みつく。

一方、白菊は驚いた顔をして、「剣蘭は年上のしっとり美人が好きなんだよね。まさか宗旨変えしたの？」と黒目がちな目で彼を見上げた。

「何を言ってんだか。同性愛は禁止だろ。俺は卒業後に出会う美女にしか興味ないね」

一般生徒の耳目を意識してか、剣蘭は模範解答を口にして両手を広げる。

そりゃそうですよねと誰かが言って、どっと笑いが起きていた。

4

九月九日——二日間続いた文化祭が終わり、この日は朝から後片づけが行われていた。

ただし贔屓《ひいき》生は免除され、東方エリアの宿舎で自習を言い渡されている。

翌日に降龍《こうりゅう》の儀を控えている贔屓生一組は絶食中のため、朝食時も昼食時も食堂に行くことはなく、かといって勉強に集中するのは難しい状況だった。

「お前の勝ちだ。ほら、キャラメルもう一個」

剣蘭《けんらん》は白菊《しらぎく》の部屋を訪れ、ベッドに転がりながら将棋崩しに興じている。

娯楽が少ない学園ではあるが、然《しか》るべき手続きを取れば頭脳系のゲームツールを借りることができた。本来は他人の部屋に入ってはいけないのだが、贔屓生ということもあって発覚しにくいうえに罰則も甘いため、剣蘭は頻繁に白菊と行き来している。

「将棋じゃ勝てないけど、将棋崩しだと僕の方が強いよね」

「わざと負けてやってるのかもしれないぜ」

「うん、そんな気はしてる」

そう言って顔を綻《ほころ》ばせる白菊に、剣蘭はキャラメルを一つ渡した。

将棋を指さないのは、空腹で頭を使う気にならないせいもあるが、何より白菊を自然に勝たせるためだ。絶食のせいで白菊が倒れてはいけないと思い、剣蘭は常盤《ときわ》からもらったキャラメルの多くを白菊に分け与えている。

もちろん出所は話していないが、最初のうち、白菊は椿《つばき》からだと思っていたようで……それもあってか、やんわりと受け取りを拒否していた。だからこうして勝負を吹っかけ、勝たせて受け取らせるという方法を取るようになったのだ。

——椿姫はもういないし、このキャラメル……誰からもらったと思ってるんだろうな。以前もらった物の残りだと思ってるならそれでいいけど、もしかしたらもう、常盤様からだって気づいてるかも……。

剣蘭はキャラメルを食べる白菊を見つめながら、仔兎《こうさぎ》のようで可愛《かわい》いと思う。同じベッドの上に転がっているからといって、白菊に対する性的な欲求はなかった。ただ可愛くて可愛くて、コイツが死んだら俺も死ぬんじゃないかな……と思うくらいに一緒にいるのが当たり前で、白菊が幸せになるためなら大抵のことは耐えられると思う。

これが友情であるはずはなく、しかし恋愛感情でもない。

血は繋《つな》がっていなくても大切な弟であり、時には自分を叱《しか》ってくれる兄でもあり、この関係は一生続くと思っている。もしも白菊が憧《あこが》れの常盤に見初められ、現在の薔《しょう》のように常盤に守られ、恋人というポジションを得ていたらと考えると、少しばかり淋《さみ》しいが……白菊にとっても自分にとっても、どんなによかっただろうと思っていた。

——常盤様が白菊に夢中だったら……俺は安心して白菊を任せられるし、白菊は幸せの絶頂だったよな。それで椿姫はキングのところに行って、俺は……どうなるんだ?

将棋の駒《こま》を積み直している白菊の顔を眺めながら、剣蘭は薔の姿を思い起こす。

文化祭初日に見た、道着姿の薔の笑顔が記憶に焼きついていた。

贔屓生カフェでもいつになく楽しそうにしていて、常盤の来店に浮かれて顔を赤くしていたのも可愛かったが、道場で見た姿が格別に印象深い。

水泳部を辞めさせられた自分が、プールに入ると水を得た魚《うお》のようになるのと同じなのだろう。薔の体中に流れる剣士の血が、ぶわりと沸き立つのを見た気がした。

「文化祭、楽しかったね」

「……ん? ああ、そうだな」

「贔屓生カフェに常盤様と柏木《かしわぎ》様がいらした時は、なんかもう嬉《うれ》し過ぎて、頭から湯気とか色々出ちゃいそうだったよ。珍しい組み合わせだったし」

「絵になる二人だよな、まあ……常盤様が断然目立つけど」

「真紅の薔薇《ばら》を背負ってるから。常盤様が登場すると、いつも薔薇が見えるよね」

「いや、それはないから。眼科に行けよ」

「剣蘭、酷《ひど》い」

ぷすんと膨らむ白菊の頬《ほお》を、剣蘭は指先で潰《つぶ》す。

頰の柔らかさや、ほんのり赤い唇から漏れる吐息の甘さを常盤に教えたくなった。

常盤が白菊に口づけて、本気で愛したらいいのにと、しつこいほど何度も思う。

白菊は存在感のあるタイプではないが、愛らしく、行く行くは椿のような美人に育つ見込みもあると思った。常盤の寵愛《ちょうあい》を受けてもおかしくないだけのものを持っている。

「もしもの話だけど、あんなふうに常盤様と柏木様が並んで現れて、お前に向かって手を差しだしながら、『恋人になってくれ』とか言ってきたら、お前はどうする？」

「──え、それは……どちらの手を取るかってこと？」

大きな目をさらに大きく丸くする白菊に、剣蘭はこくりと頷《うなず》いた。

すると白菊は、ププッと噴くように笑いだす。

「あり得ないけど、もしそんなことになったら気絶してどちらの手も取れないと思う」

「そういう逃げはなしで、現実に起きたと思って考えろ」

「えー、うーん、じゃあ、『僕には勿体《もったい》ないお話で、大変ありがたいです。今のお言葉を一生の宝物にします』って常盤様に御礼《おれい》を言ってから、柏木様の手を取る……かな」

「なんで⁉　嘘《うそ》だろ⁉」

白菊の答えに飛び起きた剣蘭は、将棋盤の上に積まれた駒をはずみで崩す。

あれほど常盤に憧れて、『黒椿会』の主要メンバーとしてどっぷり浸《つ》かっていながら、何故《なぜ》そんな答えが出るのかわからなかった。

「あの常盤様の恋人になれるんだぞ。教祖候補の一人で、西王子《さいおうじ》一族の跡取りで、何より教団一と噂《うわさ》される圧倒的な美形だぞ。ハッキリ言って柏木様とは格が違うだろ」

「剣蘭が常盤様の容姿を褒めるとナルシストだと思われるから、やめた方がいいよ」

「そんなことはいいから、納得のいく理由を聞かせろ」

シーツの上に散らばった駒を盤の上に戻している白菊に、剣蘭は摑《つか》みかからんばかりに迫る。相手が相手なら、胸倉を摑んでいるところだった。

「うーん……たとえばほら、女性が憧れるとされる玉《たま》の輿《こし》ってあるでしょう？　僕はね、そういうのを幸せだと思えないんだよね。もちろん玉の輿に乗るに相応《ふさわ》しい才覚とかバイタリティーがある人ならいいと思うけど……慣れない上流社会に合わせるために、必死に努力したり、見下されないよう気を張り詰めたり、なんだか一生……ずーっと頑張り続けなきゃいけない気がして、気力体力が充実してない僕には無理って思うんだよね」

「――それは、まあ……確かに大変そうではあるな」

「そうでしょう？　柏木様だって、僕には十分背伸び対象なんだよ。決して柏木様を低く見ているわけではないからね。でも、常盤様は無理……なんていうか、その辺に咲いてるスプレー菊とかじゃ駄目《だめ》なんだよ。一輪で存在感を示す、特別な花じゃないと駄目」

白菊はさらに、「だって誰も納得しないでしょ」と、強めの口調で言いきった。常盤の相手を勝手に採点しそうな、いわゆるファンクラブのメンバーとしての発言に思える。常盤の

「やっぱり、椿姫クラスじゃないと無理？」

「うん……そうだけど、実のところ椿姫でさえ黒椿会から見ると不適格だったんだよ」

「え、なんで？」

「椿姫は在学中にキングと義兄弟の契りを交わしてたって噂があったから、常盤様に乗り換えたのは不実だとか不純だとか強《したた》かだとか……そう考える風潮があったんだ。常盤様のお相手は、やっぱり精神的処女じゃないと駄目って思われてたからね」

「精神的、処女……つまり、常盤様が初恋の相手じゃないと駄目ってことか」

「そういうこと。黒椿会のメンバーは全員そうだったし。贔屓生になってわかったけど、元贔屓生の椿姫は体も処女じゃなかったわけだから……黒椿会的には完全にアウトだね。あくまでも非公認ファンクラブの独断ですけどっ」

　ファン心理に支配されたのか、白菊はぷりぷりと怒りだす。

　剣蘭もかつては椿の親衛隊に入っていたので気持ちはわかるが、元々こういったことに関しては白菊の方が熱かった。

　これ以上つつくと面倒くさいことになりそうなので、剣蘭は将棋一式を片づける。

　少し背伸びすれば届く、ほどほどにハイレベルな恋人と、雲の上のカリスマ――現実と夢を完全に切り分けている白菊に、何を言っても無駄なのはよくわかった。

　そもそも自分がどう動いたところで、常盤が心変わりするわけもない。

「邪魔したな、今の会話は全部忘れてくれ」

俺はいったい何をしているのか、どうして無駄なことをしようとするのか、何をしても兄に勝てないことくらいわかっているし、誰よりもまず、兄が一番大切なのに――。

深い溜《た》め息《いき》をつきながら白菊の部屋をあとにすると、二つ先の扉が開いた。

水筒を手にした薔が出てきて、しまったと思った時には気づかれる。

階段は廊下の両端にあり、薔が主に使う階段は部屋に近い方だというのに、気配で振返られてしまった。「あ……」という形に口が開き、首を少し傾《かし》げられる。

「将棋を指してたのか？」

白菊の部屋から出てきたことについては追及されず、特に妙な顔もされなかった。

一輪で存在感を示す特別な花のような姿で、すたすたと近づいてくる。

「お前は……スポーツドリンク、もらいに行くのか？」

「ああ、断食は何度やってもしんどいな。せめて水分を摂《と》らないとやってられない」

そう言って水筒を少し持ち上げる薔は、「しんどい」だの「やってられない」だのと言いながらも、内側から滲《にじ》みでるような輝きに満ちていた。

それもそのはずだ。明日の儀式で、おそらく薔は常盤に抱かれる。

黒椿会が認める常盤の相手として相応しく――常盤に初恋を捧《ささ》げた精神的処女であり、肉体的にも常盤しか知らないなら、処女と同じことだろう。

──たぶんそうだよな？　当然もう、お手つきなんだよな？

さらに距離を詰められると、足音と同じペースで胃が軋《きし》んだ。

「剣蘭、暇なら俺と指さないか？　食堂で」

誘われて嬉しい気持ちと、困る気持ちが交錯する。

コイツは、こんなに可愛かっただろうか。こんなに綺麗《きれい》な声をしていただろうか。

嫌な予感がした。白菊の部屋に逃げ込みたくなる。「俺の本命は白菊で、実は俺達、昔からそういう関係だから！」と、大嘘の予防線を張りたくなった。

「剣蘭、おい……あ……ッ」

自分がどう動いたのか意識していなかったが、気づいた時には将棋盤から駒のケースが滑り落ちていた。

動体視力が優れているため、空中で蓋《ふた》が開いて駒が飛びだすのがはっきり見える。

しかし見えたところで両手が塞《ふさ》がっていて、どうしようもなかった。

代わりに薔が手を出すが、薔も片手が水筒で塞がっている。

「よし、一つで済んだっ」

薔は明るい声を上げると、片手で見事に摑んだ半開きのケースを将棋盤の上に戻す。

一つというのは、床に落ちた駒の数だった。一旦《いったん》蓋が開いたように見えたが、薔が蓋を押さえながらキャッチしたので、零《こぼ》れ落《お》ちたのは一駒で済んだのだ。

「これ、一つでもなくすと凄《すご》く怒られて、反省文とか色々書かされるらしいな。そのうえしばらく貸してもらえなくなるとか」

薔はそう言いながら剣蘭に背中を向け、少し先まで転がった駒を追う。

剣道をやっていただけあって、姿勢がよく歩き方が綺麗だった。

しゃがむと、制服の黒いパンツがヒップラインを描きだす。

揺れる栗色《くりいろ》の髪は、如何《いか》にもいい匂《にお》いがしそうだ。

「ほら、これ」

剣蘭が両手で持っていた将棋盤の上に置かれたのは、桂馬《けいま》だった。

その文字を目にした瞬間、剣蘭は薔の背後に常盤の影を見る。

「桂馬の高あがり……って、言いたいんだな」

「――は？　誰もそんなこと言ってないだろ」

否、言っているのだ。桂馬は進み過ぎれば窮すると……要は身の程を知って留まれと、偶然を装って神が告げている。

兄の花に目を向けてはいけない。私利私欲を押し殺し、じっとこらえて、兄に愛される有能な持ち駒として生きなければならないのだ。

5

九月十日——贔屓生《ひいき》一組の降龍《こうりゅう》の儀、六回目が行われる夜、薔《しょう》は降龍殿の五階で常盤《ときわ》と向かい合っていた。常盤が珍しく早く来たので、薔はまだ入浴を済ませていない。

贔屓生宿舎からここまで来る間に着ていた、黒い和服姿のままだった。

常盤もまた、祈禱《きとう》の時とほぼ同じ恰好《かっこう》だ。左手のテーピングと、首からかけていた紫の勾玉《まがたま》を外したくらいの差しかない。

やけに早く来た彼から、「話したいことがある」と前置きされたため、元々どきどきと高鳴っていた薔の心臓は、危ういほどの騒ぎになっていた。

実の弟ではないと告白された時の衝撃を思いだしたが、同時に、あの時の反省点を思い返す。ショックのあまり感情に任せて常盤の部屋を飛びだし、怪我《けが》をしていた常盤に痛い思いをさせたり、椿《つばき》の手でダイビングプールに落とされて常盤に救出されたりと、散々な騒ぎを起こし、迷惑をかけてしまった。

常盤が改まって自分に告白することとして心当たりがあるのは、椿と過去に肉体関係があったという事実だが、その話をされようと、それ以外の思いもよらない事実を知らされようと、絶対にこの場から逃げないと胸に誓う。

——恋人なんだし、文句言ったり怒ったりしてもいいんだ。けど、逃げちゃいけない。

文化祭の時の道場の空気を呼び覚ましながら、薔は降龍殿の居間で深呼吸する。

何が来ても大丈夫。こうして背筋を伸ばして正座して、座卓を間に挟んで向かい合い、じっくりと話し合って解決しないことなど何もない——そう言い聞かせながら常盤の顔を見ると、意外にも彼は笑っていた。

「そんなに緊張しなくても大丈夫だ。お前にとっても俺にとっても残念な話ではあるが、嘆くほどのことじゃない」

「——残念な話?」

「ああ、今夜とこれから先の降龍の儀に関してだが、安全のために降龍の儀当日に龍神を降ろすのは避けようと思っている。陰降ろしができるようになった以上、御神託を受ける形で龍神を降ろす必要はない。何より、儀式の夜に降ろすのは本来危険だからだ」

常盤の言葉の半分程度しか理解できなかった薔は、聞いた言葉を自分の中で整理する。

贔屓生一組に属する薔が降龍の儀に挑むのは毎月十日で、今夜を含めて残り七回だが、今の常盤の話だと、その七回すべてに於《お》いて龍神を降ろさないことになる。

つまり、この部屋で性行為をしないということだ。

以前と違って常盤と薔が隙《すき》を見て逢《あ》い引《び》きしやすくなった今、儀式の夜以外でも体を繋《つな》げることは可能で、陰降ろしもできる。

どんな形であれ月に一度龍神を降ろせば神子《みこ》は生きていけるため、わざわざ十日の夜に龍神を降ろして、失神したり常盤の過去を覗《のぞ》いたりする必要はないのだ。

「……どうして危険なんだ？」

失神が危険なのかと薔は思ったが、しかし龍神の愛情をひしひしと感じられるトランス状態が危険なものとは思えず、それを知っている常盤には別の考えがある気がした。

それが何かわからなかった薔は、「説明してくれ」と、座布団の上から詰め寄る。

「神子が一巡目で出た年度は、しばらくしてから二人目の神子が出ることがある。杏樹《あんじゅ》が一巡目で神子になっているうえに、南条《なんじょう》本家から神子を出したい教祖は、お前に過剰な期待をかけている。それはわかるな」

「……わかってる」

「紫苑《しおん》様が引退したことで神子の数が減り、そして贔屓生を試す儀式は今夜で六巡目だ。教祖は、今夜こそお前が二人目の神子として選ばれるんじゃないかと胸を膨らませていることだろう。ところが深夜になっても神子誕生の報は入らない。教祖は苛立《いらだ》ち、我が子が本当に選ばれていないのかどうか、禁を犯してでも確かめたくなる。これもわかるな」

「──わかる……けど、確かめるって？」

「神子が誕生しなかった不発の夜に、教祖が教団の神子を抱いて、龍神が降りるかどうか試す可能性があるということだ」

「あ……そうか、そうだよな。神子が誕生しなかったなら……教祖が抱いた神子に龍神が降りる。けど、もし俺が今から龍神を降ろしたら……」

「龍神が降りてくるのは、原則として一晩に一度だけだ。あとから教祖が神子を抱いても龍神は降りない。もし仮に降ろせたとしても、それは陰降ろしになる。神子は失神せず、御神託は降りない。どちらにしても誰かが先に降ろしたことが明白になってしまう」

「当然、疑われるのは贔屓生一組……」

「──というより、お前だ」

常盤の言葉を聞くなり、薔は背筋に冷たいものを感じる。

今夜はこの部屋で常盤に抱かれて、龍神を降ろすつもりでいて……ただ、陰降ろしとは違って失神したり、常盤の大事な記憶を盗み見たりするのが嫌だと思っていたが、そんなことを気にしている場合ではなかった。

迂闊《うかつ》に龍神を降ろすと、教祖の行動次第では取り返しがつかない事態になる。月に一度、延命のための陰降ろしができる環境であるなら、降龍の儀では絶対に龍神を降ろさない方がいいのだ。

「そういうわけで、残念だが今夜はお前を抱けない」

「そう、だな」

「だが何もできないわけじゃない。とりあえず一緒に風呂《ふろ》でも入らないか？」

「――え、っ？」

すっと立ち上がった常盤の発言に、薔は頓狂《とんきょう》な声を上げてしまう。

背筋が寒くなる思いから一転、風呂の温《ぬく》もり以上の熱に煽《あお》られた。

黒い羽二重姿の常盤が、今から裸になることを想像するだけで心音が弾《はじ》ける。

すでに何度も愛し合った身で、裸を見せ合うくらいで驚くことはないはずだった。

一緒にシャワーを浴びたこともある。けれどもまともに入浴するのは初めてで、裸になって同じ湯に浸《つ》かると思うと、体の中からドッドッと、とんでもない音が響いてくる。

「子供の頃はいつも一緒に入っていた。いまさらそんなに興奮しなくても大丈夫だ」

「こ、興奮なんて……っ」

「してるだろう？」

横に回った常盤は手を差し伸べてきて、勝ち誇ったような顔をした。

なんだか昔を思いだす表情だ。常盤が学園に来たばかりの頃、なんて偉そうな顔つきをする自信家の男だろうと思ったが、容姿や圧倒的なオーラと表情が合致していて、特別な人間なんだとすぐにわかった。そこがまた悔しくて、おとなしくしていられなかったのを憶《おぼ》えている。

――こんな日が来るなんて、思わなかった。

薔は自力で立ちかけたが、差しだされた手を拒めなかった。

素直に握るのは少し癪《しゃく》だったので、自分から常盤の手首をぐわりと摑《つか》んでみる。

「積極的だな」

「……そういうわけじゃない」

結局はさらに満足そうな顔をさせてしまい、勝てないことを思い知らされる。

緋襦袢《ひじゅばん》が用意されている脱衣所に二人で入り、着物を脱いだ。

黒い羽二重から露《あらわ》になった常盤の背中に、龍は浮かんでいない。

いつもは黒龍に目が行ってしまうが、こうして何もない背中を見ると、鍛えているのがよくわかった。骨からしてがっちりと太そうで、頼もしいと思わずにはいられない。

意識して視線を逸《そ》らした薔は、火災で焼失した浴室と、新たに造り直された今の浴室を重ねてみた。一見すると変わらないが、やはり綺麗《きれい》で、檜《ひのき》の香りが強く感じられる。

「俺が……ここの風呂を最初に使った時は、桜の花弁が浮いてたんだ」

「もう五ヵ月も前の話だな」

「五ヵ月か……時間経《た》つの、早かったようで遅かった気がする」

口にした言葉通り、時間の流れは早い時も遅い時もあった。

常盤が学園にいなかった日々のつらさは、思い返したくもない。

「もう二度と、お前と離れ離れになりたくない」

全裸で肌を重ねながら言われた薔は、「……うん」と素直に答える。

別々の場所で過ごしていても、会いたい気持ちは同じだったことを実感できた。

浴室の照明は光量の調節ができるようになっているため、スイッチの横にある摘《つ》まみを回してやや暗めに設定する。

シャワーを出し、石鹸《せっけん》を手で泡立てていると、いつの間にか常盤に後ろを取られた。

体中のどこにも触れられずに、耳にだけ唇を当てられる。

「石鹸を貸してくれ」

薔はびくっと震えながら、そんなことを耳元で囁《ささや》かなくてもいいのに……と思いつつ、常盤に石鹸を渡した。いちいち性的な接触だと感じる自分がおかしいのか、そう思わせる常盤に原因があるのか、わからないまま作った泡をシャワーの外に掲げる。

すると常盤はシャワーを止め、背中に触れてきた。

石鹸によって滑りがよくなった手が、流れるように双丘《そうきゅう》に向かう。

膨らみの右側を丸く撫《な》でたかと思うと、左側を撫で、狭間《はざま》に入り込んできた。

「……あ、ッ」

「くすぐったいか？」

そうじゃなく、そんなところを触られると感じるんですけど――とは言えなくて、薔は「くすぐったい」とだけ答える。

すると常盤は笑って、「前も洗わないとな」と言いだす。

石鹼を容器に戻すなり、両手で触れてきた。

左手では尻《しり》の狭間を探り、右手では輪を作って、薔の性器を包み込みながら洗浄する。

「は、ぁ……ッ」

ただくすぐったいだけでは出ない嬌声《きょうせい》を漏らした薔は、常盤がわざとやっていることを確信した。膝《ひざ》から力が抜けそうだったが、どうにか立て直す。

なんとなくこのまま常盤の思い通りに崩されるのが悔しくて、泡だらけの右手を後ろに回した。まずは常盤の鼠径《そけい》部に触れ、そのまま性器を撫でる。

「薔……」

「お、俺も洗ってやる」

後ろに回した手を動かしながら、鏡に半分映っている姿を目にした。

薔の脚の間で悩ましく動く常盤の手と、彼の性器に触れるために、無理やり後ろに手を回している自分――それはどう見ても性行為に耽《ふけ》る恋人同士の姿で、くすぐったい気分になる。体はくすぐったいでは済まないのに、心はあくまでもくすぐったい。

「お前にこんなふうにされたら、湯に浸かる前から黒龍が出てきそうだ」

「これくらいで、体温……上がるのか？」

「それはもう、快楽と感動でどうにかなりそうだからな。子供の頃は俺の股間《こかん》を睨《にら》んでは叩《たた》いてきたのに、今ではこんなに優しく丁寧に触ってもらえて、感慨無量だ」

「……叩いたのか、俺？」

「怖い顔をして叩いてきた。あれはなんだったんだろうな？」

「知らない……っ、もう洗い流すぞ」

このまま続けたら鏡に向けて達してしまいそうだった薔は、奮い立った性器から常盤の手をぐいぐいと引き離す。そうしてシャワーを再び浴びると、どちらの体の泡も流した。

檜の湯船に二人で浸かり、最初は正面を向き合っていたが、途中から薔の求めで常盤は方向転換し、薔に背中を向ける恰好になる。

湯に浸かると朧彫《おぼろぼ》りがどうなるのか、その変化を薔が見たがったからだ。

「全体的に黒くハッキリ出てるけど、やっぱり水面より下の方が黒いんだな」

「体温によって濃淡が変わるからな。ここまで変化が顕著な朧彫りは奇跡と言えるくらい希少なんだぞ。一口に朧彫りといっても、完成度は彫師の腕によって大きく変わる。普段から薄《うっす》らと見えてしまったり、サウナに入って体温を限界まで上げないと見えなかったりと、以前はあまり完成度の高くない朧彫りが多かった」

「じゃあ、これを彫った青一《せいいち》さんは凄《すご》いんだな」

「ああ、青一は誰からも歴代最高と認められている天才彫師だ。日本画家としても頭角を現し、非常にセンスがいい。そのうえ外科医としての腕も抜群だ。本人には言わないが、天賦《てんぷ》の才を持ち過ぎた男だと思っている」

薔は八十一鱗《くくり》園の病院で会った医師、雨堂《うどう》青一の姿を思い浮かべる。

小麦色に日焼けした肌と褐色の髪、東洋的な顔立ちでありながら華のある男だった。

以前は常盤の親友というだけで青一に嫉妬《しっと》していたが、今はだいぶ冷静でいられる。

それどころか感謝の念を覚えていた。

神子の自分がいくら龍神に祈ったところで、医学的に正しい処置をされていなければ、常盤の快復は著しく遅れていただろう。神の奇跡にも限界はあるはずだ。

「お前の肩の白いTの字も、青一に彫ってもらえば綺麗に出たんだろうな」

「ああ……そうか、素人の常盤が彫ったから入浴くらいじゃ出ないんだった」

振り返った常盤の言葉に薔は苦笑いして、今度は自分が背中を向けた。

水面より上にある右肩を見せ、「見えるか？」と訊《き》くと、「見えない」と返ってくる。

熱めの湯に肩までしっかり浸かったところで、叩くなどの刺激を与えなければおそらく出てこないだろう。つまり、朧彫りとしては質が悪いということだ。

「どうして技法を習ってまで常盤が彫ったんだ？」

「お前の体に、他《ほか》の男が痕《あと》をつけるのが嫌だったからだ。何しろ一生残るからな。いくら青一でも嫌だと思った。……だから技法を習い、指導を受けながら俺の手で彫った。今にして思えば身勝手な話だな。お前の朧彫りは、体温が上昇しても出にくいタイプに転んだからまだよかったものの、常に出ている方に転んでいたら申し訳ないことになっていた。

Tの字がわずかに歪《ゆが》んでいるうえに、あまりにも簡素な、ただの線だからな」

「べつに、俺は気にしてないから」

もしも、この右肩の朧彫りが常に出ているタイプに転んでいたら——四月の儀式の時に常盤は薔の肩にTの字を見つけ、兄だと打ち明けていただろう。それ以前に薔の肩にTの字があるという噂《うわさ》や報告を耳にして、着任早々に打ち明けたかもしれない。

そうなっていたら当然、性行為には至らなかった。贔屓生になっても添い寝で済んで、男に抱かれる機会はなく、神子に選ばれることもなかったことになる。

——プロの手で彫られなくてよかった。出にくいタイプに転んで……よかった。

「結果的には、青一に任せなくて正解だった。出にくい方に転んだのもよかった」

薔が密《ひそ》かに胸の内で呟《つぶや》いた言葉と、ほとんど変わらない言葉が耳に届く。

湯を重らかに切って背後から迫ってくる常盤の息が、右肩に触れた。

今も浮かび上がらない朧彫りの上に、そっと口づけられる。

「罪を犯した俺がこんなことを言ったら、お前は怒るか？」

怒らないよ、怒るわけない。罪を犯してくれてよかったと思ってるんだから——。

薔は唇を動かすばかりで声には出さず、代わりに右手を湯から出す。

肩に口づけてくる常盤の頭に触れると、大人が子供を褒めるような手つきで撫でた。

まだ濡《ぬ》れていない髪に濡れた指を絡めて、梳《す》きながら何度も撫でる。

「これは、褒められてるのか？」

くすっと笑う常盤の方に顔を向けると、至近距離で目が合う。

ピントを合わせた時にはもう、唇を塞《ふさ》がれていた。

「……ん……っ」

弾力があって、でもそれなりに柔らかさもある唇が気持ちいい。

粘膜や唾液《だえき》には催淫《さいいん》作用でもあるのか、舌が触れ合った途端に体の芯《しん》が熱くなる。

そのうえ常盤の手が両胸に回ってきて、胸の突起を指先で刺激された。

ホールド感もあり、体を返すことができなくなる。

「く、ふ……ぅ」

薔は少し後ろを向いたまま、首を伸ばしてくる常盤と口づけを交わした。

さほど苦しいことはなく、斜めから入り込んでくる舌を迎え入れる。

乳首には揃《そろ》えた指先を次々と当てられたが、摘まれることはなかった。

ただ、繰り返し触れられているうちに左右どちらも勃起《ぼっき》し始め、常盤の指の間に挟まる形になる。きゅっと、少しきつく挟み込まれた。

「ん……ぁ……ッ」

キスだけでも脚の間が疼《うず》くのに、胸を刺激されると反応が著しくなる。

湯の中で膝を閉じた薔は、そうしたところで隠せない昂《たかぶ》りに戸惑った。

「……く、ぅ……ぁ」

龍神を降ろせる状況ならいざ知らず、今夜は降ろしてはならない夜だ。

常盤に抱かれることができないのに、わずかな愛撫《あいぶ》で反応しているのが恥ずかしい。

抱く気がないのに触ってくる常盤の意図が読めないが、予想以上の反応に驚いて、内心まずいな……と焦っていたりしないだろうか。

「あ、ぁ……ッ」

唇が離れるや否や、指先で乳首を摘まみ上げられる。

指の間に挟まれていた時とは違い、先端に爪《つめ》を軽く当てられた。

常盤は焦るどころか、より感じさせようとしている。

ちらりと見えた顔には、官能的な悦《よろこ》びが浮きでていた。

つまり、自分はこのまま感じてもいいということだ。無理にこらえなくてもいい。

常盤から与えられる心地《ここち》好さを受け入れて、ふわふわと舞ってもいいのだ。

「常盤……ぁ……」

「薔、逆上《のぼ》せるといけない。湯船の縁に座れ」

「……う、うん」

常盤の両手が腰まで滑ったかと思うと、浮力を利用してすうっと持ち上げられる。

途中から自力で立った薔は、何をされるかわからないまま縁に腰かけた。

いくら薄暗いとはいえ、昂る性器が丸見えという状況は居《い》た堪《たま》れなかったが、いまさら隠すのもみっともない。恋人に触られてこうなるのは当たり前のことで、常盤にとっても嬉《うれ》しいことだと信じて、膝を少し閉じ気味にする程度で我慢した。

「口淫《こういん》の復習をすると約束していたな。まずは俺が実践しよう」

「――実践って……常盤が俺にするのは、以前からやってただろ」

「一度でも自分が経験すると、未経験の時には気づかなかったことに気づくものだ」

「そういう、ものなのか?」

「そういうものだ。わかりやすい例を挙げると、料理を作ったことがない者は綺麗な形のオムレツを見てもあまり感動しない。ところが自分で作ってみて、あれが如何《いか》に難しいか経験したあとだと、プロのオムレツに感動し、どうやったらこんなふうに作れるのかと、考えたり調べたり練習したりする。だいたいなんでもそんなものだろう?」

「……そう言われてみると、そうかもしれない」

「俺の舌遣いを、今一度よく研究しろ」

「――ッ、ぁ……!」

形のよいオムレツを想像していた段階から一転、薔は両膝を掴まれて甘美な世界に引きずり込まれる。上目遣《うわめづか》いで視線を送りながら性器を舐《な》めてくる常盤の顔は、人の魂を抜き取る禍々《まがまが》しい魔物のように淫《みだ》らだった。

瞳《ひとみ》は黒いままだが、龍神が乗り移っていてもおかしくないほど妖《めや》しい艶《つや》がある。

「──っ、ぁ……常盤……」

尖《とが》らせた舌先を性器に当てられ、肉孔《にくこう》を避けて焦《じ》らすように舐められた。

薔が前屈《まえかが》みになると、雁首《かりくび》のカーブをなぞりながら、開いた舌を当ててくる。

ぺったりと、平面的に雁首に張りついた舌は、そのまま硬い膨らみ全体を覆い尽くし、括《くび》れや裏筋に到達した。再び尖って、肉笠《にくかさ》の裏を緩やかに突いてくる。

「……あ、ぁ……」

びくっと腰が浮きかけた瞬間、両手で太腿《ふともも》を押さえつけられた。

常盤の手はそのまま薔の背中側に回り、縁に座ることで膨らんだ双丘を捉《とら》える。

「ん、ぅ……ッ」

大きな手で尻を揉《も》まれると、どうしても後ろが反応した。

これから挿入される気分になった腰が、疼きながら準備を始めている。

──今夜は……しないのに、なんか……蠢《うごめ》いてる感じがする。

薔は常盤の舌遣いに集中できなくなり、注意力散漫な自分をどうにか正そうとした。

こうしている間も常盤の口淫は続いている。微妙な変化もあった。

せっかく指導してくれているのに、真面目《まじめ》に学ばないわけにはいかない。

何よりあとで交代した際に、まるで上達していないと、がっかりされたくなかった。

「は……ぁ、ぅ……」

常盤にまた、「気持ちいい」と言われたい。

嘘《うそ》でも気遣いでもなく、常盤をもっと夢中にさせたい。

その一心で口淫に集中した薔は、さらに強い力で尻肉を揉《も》み解《ほぐ》された。

「常盤……ぅ、あ……ッ」

「──ッ、ン……」

またしても体の奥が反応し、後孔《こうこう》から先がきゅうっと引き締まったが、常盤の舌や唇の動きにどうにか意識を寄せる。

性器が常盤の口内に呑《の》み込《こ》まれていく様を見た薔は、先端だけではなく根元の近くまでしゃぶられているのを見て、思わず狡《ずる》いと思ってしまった。

常盤に手本を見せられたところで、奉仕する性器や、口の大きさが違うのだから、どう頑張《がんば》っても同じようにはできないことに気づかされる。

「ふ、ぁ……っ」

深々とくわえ込まれた性器は、絶えず動く舌で愛撫された。

常盤の物と比べたら、細めの筋しか浮き上がらない裏筋を辿《たど》って、下から上へと流れるように舐められる。常盤の頭が上下にゆっくりと動き、唇できつめに絞られながら全長を吸引された。性器のすべてが、快感に包み込まれていく。

「あ……は、ぁ……ッ」

「――ッ……」

無理だ、こんなの絶対真似《まね》できない。俺の口じゃ先の方しかくわえられないし――と、反発する余裕もなく震えた蕾は、極楽の悦びに呑まれかける。

絶頂はすぐそこまで来ていて、油断したら今にも達してしまいそうだった。

それをぎりぎりのところでこらえながら、常盤の肩に触れる。

「……ん、う、ぅ……ッ」

前屈みになると、湯の中に黒龍《こくりゅう》が見えた。

こんなことをしていて、本当に大丈夫なのかと心配になる。

挿入しない限り龍神は降りてこないらしいが、神子が媚態《びたい》を見せておきながら、あえて挿入せずにいて、本当にいいのだろうか。龍神を怒らせはしないだろうか。

「常盤……っ、もう……ぁ！」

立ち上る湯気を受けながら、蕾は遂《つい》にこらえきれなくなる。

常盤の口に出したくなくて両肩をぐいぐいと押したが、無駄な抵抗だった。

常盤はより強い力で抗《あらが》うと、蕾の性器を浅く食《は》み、雁首の先の肉孔に舌を当ててくる。

これまで微妙にずらす形で焦らされていた肉孔は、焦がれた刺激にぱくりと開いた。

同時に拡《ひろ》がる精管を怒濤《どとう》が駆け抜け、常盤の喉《のど》を目掛けて精を放ってしまう。

「く、あ……あ、ぁ……！」

「――ン、ゥ……」

口淫の仕方を学ばなければいけないのに、思考がまるで働かなかった。

体も制御不能になり、達すること以外の何もできなくなる瞬間に囚《とら》われる。

身も心も快楽一色で塗《ぬ》り潰《つぶ》されて、気持ちいいという悦びだけが存在していた。

あとで羞恥《しゅうち》やら何やら出てくるのはわかっていたが、今はどうでもいいくらい、常盤の口淫に酔いしれる。

「……ふ、ぁ……は……」

縁に座ったまま荒い息をつき、胸や肩を上下させた薔は、常盤と顔を見合わせた。

相変わらず上目遣いで自分を見つめてくる常盤が、性器の先をくわえながら、音もなく精液を飲み下す。

達したばかりの過敏な先端を通じて、常盤の喉の動きが伝わってきた。

振動により、ごくりと音が聞こえた気さえする。

――飲まれた……し……また、早く達《い》かされた。

予想通り、羞恥が遅れてやって来る。それも大波の如《ごと》く勢いをつけて襲ってきて、快楽一色だった頭の中を、羞恥でたちまち塗り替えられた。

「次は、俺の番だから」

こうなったらもう、まったく同じは無理でも自分なりに頑張って、常盤にも恥ずかしい思いをしてもらうしかない。元々は気持ちのいい思いをしてもらいたいと思っていたが、結局のところ、気持ちがいいことは少し恥ずかしいことでもある。同じことだ。

「いや、やめておこう」

「……っ、なんでだよ。いつやっても構わないって言ってただろ」

薔の性器から顔を引いた常盤は、白濁に汚れた唇を舐めつつ意味深に笑う。

また勿体《もったい》つけられているのかと思うと腹が立つ薔だったが、文句を言う前に常盤の指が天井を示した。どうやら、天井というよりも空を指しているらしい。

「挿入しない限り龍神は降りてこないと言われているが、それはあくまでも過去の事例による定説だ。これまでの神子の場合は降りてこなくても、お前は特に可愛《かわい》いから心配だ。媚態だけで降ろしてしまうかもしれない」

「そんなことあるわけないだろ。買いかぶりだ」

「――では別の定説について話そう。龍神はどんなに醜い憑坐《よりまし》にも降りてくるものだが、より快感を得られる憑坐の体を好んでいるという説がある。俺は神子を抱くというよりは恋人を抱いているため、当然ながら他の憑坐よりも強い快楽を得ている自信がある。もしこの状況でお前に口淫をされて官能の渦に呑み込まれたら……お前の媚態に加えて、俺の悦楽が龍神を誘ってしまうかもしれない」

「……つまり、『あの、やけに気持ちよさそうにしている男の体に入りたい』って思った龍神が、口淫だけでも降りてきて、常盤の目が紫になるってことか?」

「その通りだ。そういうわけでそろそろ上がろう。逆上せてきた」

「──ッ」

なんだか言《い》い包《くる》められている気がして納得いかない薔だったが、常盤の背中の黒龍が、湯に浸かっていない部分まで墨の如く濃い黒になっているのは事実だった。

本当に逆上せてはいけないので、ひとまず常盤が湯から出るのを見守る。

しかし気になるのは、完全に奮い立ち、解き放たれる時を待つ立派な性器だ。

それこそもう一体の雄々しい昇り龍のようで、今から冷たいシャワーをかけたとしても簡単には萎《な》えそうにない代物だった。

「それ、どうするんだ?」

「本当はお前の体を使ってどうにかしたいが、やはり危険なので萎えさせる」

「そんな状態から、萎えさせられるものなのか?」

「しばらく目を閉じて、鬼のような女の顔でも思いだせばなんとかなるだろう」

常盤が言っているのは、明らかに実母の西王子紅子《さいおうじべにこ》のことだった。

鬼のような形相が薔の記憶の中にも存在するため、思いだすと萎えるという話は、実に説得力がある。

その一方で、勿体ない——と、つい思ってしまった。

萎えさせることを惜しがり、不満に思う自分を、性的に成熟したと感じる。

常盤が色事に長《た》けた一回りも年上の男だけに、薔は自身の性的な成長を恥ずかしいとは思わなかった。正確に言えば少し恥ずかしいが、嬉しい気持ちの方が大きい。

常盤の恋人として、誰よりも常盤を愉《たの》しませ、早く対等になりたいからだ。

——納得いかない半面、常盤が俺との行為で快感を得ることが危険だっていうのは……なんとなくわかる。常盤に抱かれて感じない神子なんて、たぶんそうはいないだろうし、神子の媚態を好む神が降りる憑坐として考えたら、常盤ほど相応《ふさわ》しい男はいないと思う。何しろ俺は常盤のことを……神が理想の憑坐として特別に作った人間なんじゃないかって思ってたくらいだし。

温《ぬる》めのシャワーを浴び、体を洗いながら合理的に瞑想《めいそう》する常盤の後ろで、黙々と自分の体を洗い始めた薔は、頬《ほお》を膨らませたり唇を尖らせたり、クールな顔に戻してみたりと、常盤が見ていないのをいいことに、感情任せに顔つきを変えた。

「先に出るぞ。俺に裸を見せないようにしてくれ」

「——わかった」

常盤が瞼《まぶた》を上げる寸前に自分らしい表情に固定した薔は、黒みが少し落ち着いた黒龍を目で追いながら体中の泡を流す。

常盤の体を後ろから見ていたので、結局萎えさせられたのかどうかわからなかったが、

「仕方ない、仕方ない」と自身に言い聞かせながら緋襦袢に着替えた。

居間に戻ると、常盤は襖《ふすま》一枚分開いた寝室の方にいた。

浴衣《ゆかた》姿で布団に横たわり、枕《まくら》に頬杖《ほおづえ》をつきながら布団をぽんぽんと叩く。

表情は落ち着いていて、唇には笑みを湛《たた》えていた。憎らしくなるほど男前だ。

「添い寝、するのか？」

「ああ、たまにはそういうのもいいだろう？」

いいような、よくないような、自分の方がやりたがっているようで悔しいような――ともやもやしたものを抱えつつ、薔は誘われるまま寝室に足を踏み入れた。

銀の香炉から揺蕩《たゆた》う香気に鼻を擽《くすぐ》られる。

火災により修繕された降龍殿の五階は、藺草《いぐさ》の香りも強く、日常とは異なる空間であることを意識させられた。

いつも通り大きな赤い布団が敷かれていて、常盤の下半身は金糸《きんし》や銀糸が織り込まれた錦織《にしきおり》の掛け布団の下にある。

枕は二つ、床の間には翡翠《ひすい》玉と燕《つばめ》の剝製《はくせい》、菊形の器に入った水が飾られ、壁の低い位置に円形の鏡が取りつけられていた。

「常盤は、俺に……口でされるのが嫌なのか？」

「まさかそんな。されたいに決まってるだろう」

「嘘だ。なんとなく避けたがってるのがわかる」

薔は誘われるまま布団に入るものの、自分の枕を少し動かし、距離を空けて横になる。

睨みつけた先にいる常盤は、指摘されても相変わらずの余裕だった。

「されたい気持ちに嘘はないが、勿体ないから我慢しているのが正直なところだ」

「どうして勿体ないんだ？」

「──俺はお前の成長を、どんな小さなことでも自分の目で見届けたかった。それなのに無理やり引き離され、次に会った時にはもう……漢字も書けるし竹刀《しない》も持てるし、簡単に抱き上げられないくらい大きく育っていて、嬉しい半面、自分が失った時間を痛感した。だから今は、お前をゆっくり見ていたい」

「常盤……」

「向上心があって優秀で、なんでもそつなくこなすお前には不本意だろうが、早く上手《うま》くなられるよりも、少し未熟で教え甲斐《がい》があるくらいが俺には嬉しい。悪いが、年上の男の我《わ》が儘《まま》にもう少し付き合ってくれないか？」

切なげな笑みを浮かべてそんなことを言われたら、「うん」と答えるしかなかった。

早く対等になりたいという、年下ならではの背伸びが原因で、常盤を悦ばせたいという最大の希望に反していたことを知る。

よくよく考えてみれば、常盤の立場なら、そういうことに長けている美男でも美女でも選び放題だったはずだ。だから、上手いことや慣れていることに特別な価値はない。

「初心《うぶ》な処女の方が好まれるって話は、聞いたことがある」

「そう言われてしまうと身も蓋《ふた》もないが、一般論として大抵の男はそういう願望を抱いているものだ。ただし、俺は面倒くさいのは好きじゃない。抱く相手と心を交わすつもりもなかった。初心だの処女だのがいいと思うのは、本気になれる相手の場合だけだ」

「――う……うん」

性的嗜好《しこう》を淡々と語られて困惑した蕾は、結論として、自分に何が求められているかを頭に刻みつけた。閨事《ねやごと》に関しては、頑張り過ぎない方がよいとわかったので、ぐいぐいと自分から求めるような真似は控えようと思う。相手の趣向に合わせることもまた、大人の振る舞いなのかもしれない。

「常盤にも……初めての時ってあったんだよな」

「もちろんあるが、思いだしたくないから訊かないでくれ」

「まさか……っ、失敗したのか？」

「いや、初めてにしては上手くやれたと思うが、訊かないでくれ」

「常盤はなんとなく早熟なイメージがあるけど、いくつの時だったんだ？」

「聞いたら引くほどの歳《とし》だ。訊かないでくれと、何度言ったら止まるんだ、この口は」

「う、ぅぐ……ッ」

布団の中から出てきた手で口角を挟まれ、薔は「むぐぐ」っと声を漏らして笑う。

一回りも年上の常盤に過去があるのは仕方のない話で、あくまでも過去は過去として、ある程度割りきることができていた。

具体的に想像できる椿が相手だと考えると冷静ではいられない面があるが、少なくとも初めての相手とやらは椿ではなく、そしてこれから先には、自分以外の誰もいない。

大切なのは最後であって、それを実現するために全力を注ぐのが一番だ。

過去にこだわっている余力なんて、ほんの少しだってない。

「昔の話が駄目なら、最近のことを話してくれ」

「最近の話か」

布団の中で見つめ合いながら求めると、常盤は頰杖をついたまましばし考え込む。

何を話そうか迷うくらい色々とあったのか、それとも特にないのかわからなかったが、たとえ興味深い話を聞けなかったとしても、こうして常盤とゆっくり過ごしているだけで嬉しかった。以前よりも会いやすくなったとはいえ、ここまで落ち着ける場所はない。

「そういえば……九月に入って御三家の跡取り息子全員と顔を合わせた。全員と言っても二人だが、特別な行事でもないのに両方に会った」

「榊《さかき》さんと、もう一人は北蔵《きたくら》家の？」

「ああ、葵《あおい》という男だ」

北蔵家の跡取り息子の名を口にした常盤は、「誰にも言うなよ」と箝口令《かんこうれい》を敷く。

葵という名を耳にしてすぐに、薔は違和感を覚えた。

八十一鱗《くくり》教団に於いては、榊は祈禱の際に祭壇に供えられる御神木で、神を下界に招く力があるとされている。

一方、常盤松と呼ばれる巨大な松は、守護を司《つかさど》る御神木だ。

竜生名には植物に関係する字が使われるため、被りが多くあるが、『榊』や『常盤』という字が入った竜生名を持つ童子や学生は、薔が知っている限り一人もいない。

しかし葵は御神木ではなく、樹木ですらなかった。

葵そのものではなくとも、『葵』という字の入った竜生名を持つ者は学園内に存在するため、『榊』や『常盤』と比べると明らかに格が低い名のように思える。

「北蔵家は御三家の二番手なのに、跡取りの名前は御神木じゃないんだな」

「ああ、葵は変わり種で、生まれた時は次男だったそうだ。神子になることを期待され、葵という竜生名を与えられて王鱗《おうりん》学園に入学した。ところが双子の兄が急死したことで、家に戻されて跡取りになっている。際立った美形なだけに、学園にいれば神子に選ばれただろうに……と長いこと惜しまれていたが、十八になった頃には長身で体格もよくなり、結局のところ龍神好みのタイプではなかったと判明した」

「そんな複雑な事情がある人だったのか。だから、葵……」

「在学中のお前にこんなことを言うのは申し訳ない話だが、教祖候補の特権の一つとして入学免除がある以上、学園育ちの教祖候補は低く見られる傾向がある。短期間とはいえ在学していたことを、葵は恥じているようだ。そのせいか他家の嫡男……というより俺への敵愾心《てきがいしん》が強く、俺を負かして必ず教祖になるという執念がある」

「どうして榊さんより常盤に対して敵愾心が強いんだ？　榊さんのが常盤より年上だし、御三家筆頭の南条家の跡取りだから、次の教祖の最有力候補なんだろ？」

　薔は榊が自分の兄だということも、南条家が本来の生家だということも常盤から聞いていたが、まだあまり実感がなく、自分は常盤側の人間――つまりは西王子家の一員という感覚で訊いていた。

「榊は生まれながらに葵よりも高い立場にいる人間で、接触も少なかったからさほど強い敵愾心を向けずに済むんだろう。人間は、自分より格下だと思っていた相手に抜かれると応《こた》えるものだろう？　葵は双子ながら次男として生まれたせいで神木の名を与えられず、学園育ちという経歴がついてしまった。幼い頃の……しかも短い間の話で、教祖選の際に不利になるほどのことでもないのに、本人にとっては大問題らしい。年齢や家の格で劣る俺が、生まれながらの嫡男として学園を知らずに育ったことが気に入らないうえに、まあ他にも色々と、子供の頃から競わされる場面が多かったせいもある」

「そうか……双子のお兄さんを亡《な》くされてるわけだし、気の毒な人なんだな」

「それはまた、斬新《ざんしん》な解釈だな」

「……え?」

常盤が驚いた顔で苦笑する理由がわからず、蕾は首を捻《ひね》りながら自分なりに考える。

双子の兄を亡くしたことにより、葵は贔屓生になることもなく、多くの人から傅《かしず》かれる立場になった。跡取りになったことで物理的には恵まれているだろう。

それはわかるが、兄を亡くすことは蕾にとって不幸でしかなかった。

常盤を死なせるくらいなら、贔屓生どころか教団の神子になった方がずっとましだ。

「葵は兄を亡くしたことを憂いてはいないし、いずれにしても同情は無用だ。お前を守るうえで、将来的に邪魔《じゃま》になる人間だからな」

「──ッ」

「俺が教祖になれずに榊がなった場合、実弟のお前を悪いようにはしないだろう。だが、もしも葵が教祖になったら最悪だ。俺が気に入るものを根こそぎ奪い取るか、いびり尽くさなければ気が済まない奴《やつ》だからな。陰神子だと知られたらとんでもない事態になる」

常盤は険しい顔をするなり、蕾の体を抱き寄せる。

空いていた隙間が一瞬で埋まって、浴衣と緋襦袢の裾《すそ》が布団の下で縺《もつ》れ合《あ》った。

「常盤……」

「こんな時に、葵の話なんか出すべきじゃなかったな」

「いや、いいんだ……警戒すべき相手をよく知らないでいるのは、なんか怖いし」

それに、常盤と一緒にいれば怖くない。きっとなんとかなると思えるから——。

薔は常盤の肌の匂《にお》いを求めて首筋に顔を埋《うず》め、彼の胸に両手を当てる。

唇で脈を、掌《てのひら》で心音を感じていると、体温が伝わってきた。

湯上がりの温もりが気持ちよくて、睡魔に襲われそうになる。

幼い頃、よくこうして添い寝をしてもらった名残《なごり》だろうか。胸が高鳴るのに安心して、うとうとしてくる。

「常盤……もっと、色々話してくれ」

「——どんな話がいい？」

「じゃあ……和む話がいいな……たとえば、得意な料理の話とか？」

「俺の得意料理か？　それはもちろん、離乳食だ」

「……え？」

「得意料理は離乳食だ」

即答した常盤の腕の中で、薔は眠気も吹っ飛ぶ勢いで目を瞬《またた》かせる。

むくりと起きて見上げた常盤の顔は、何故《なぜ》かとても誇らしげだった。

6

起きていられる限界まで常盤《ときわ》と過ごした薔《しょう》は、五階から引き揚げる常盤を見送り、彼が寝ていた辺りに移動して眠った。

それから数時間後に再び鉄扉が開かれ、その音で起こされる。

閉じていた寝室の襖《ふすま》の向こうから、「薔様、午前四時半になりました。お休みのところ申し訳ありませんが、そろそろ帰り支度をお願い致します」と声をかけられた。

低く太い声で、常盤の側近の業平《なりひら》だとすぐにわかる。

つまり今夜、記録上の自分は彼に抱かれたことになるのだ。

薔は襖の向こうで待つ業平に、「俺に様付けとか、敬語とか要《い》らないです。何かの時に出ちゃうといけないし」と告げる。

「確かにそうですね。いや、確かにそうだな」

言い直す業平の声に無言で笑った薔は、緋襦袢《ひじゅばん》を脱いで黒い着物に着替えた。

暗いうちに降龍《こうりゅう》殿を去り、贔屓《ひいき》生宿舎に戻るのが降龍の儀の翌朝の決まり事で、行きと違って帰りは他《ほか》の贔屓生と別行動を取る場合が多い。

時間的に考えて、今夜も一番で帰ることになりそうだった。

──襖を開けて顔を合わせる瞬間が、なんとも言えない感じで……嫌だ。

帰り支度を終えた薔は、寝室の襖に手をかける。

こうして迎えにくる隊員一人一人が、常盤と自分の関係をどこまで知っているのか──

それについてはなるべく考えたくなかった。

ある隊員は、『常盤様の弟で、西王子《さいおうじ》家の次男。常盤様に守られているため男性経験がない童子』と思っているだろうし、別の隊員は、『常盤様のお気に入りで、新しい恋人』と認識しているかもしれない。

前者はいいとして、後者だと思われているとしたら、顔を合わせた途端、男に抱かれた姿を見られるようで恥ずかしかった。今夜は挿入こそしていないものの、恋人ならではの行為はしている。羞恥《しゅうち》の度合いは大して変わらなかった。


「お待たせしてすみません」


なかなか襖を開けられなかった薔は、気持ちを切り替えてから居間に向かう。

黒い羽二重姿で畳に直接正座していた業平は、座っていてもわかるくらい体格のよい、厚みのある体つきの男だ。体育会系らしい短髪の黒髪で、こざっぱりしている。

比較的スマートな美男が多い竜虎《りゅうこ》隊の中で、顔の美しさより筋肉美を誇るあたりは、以前在籍していた犬桐《いぬぎり》に近いものがあった。ただし評判は正反対だ。業平は豪放磊落《ごうほうらいらく》な人柄で知られ、特に運動部に所属する童子から尊敬の念を寄せられている。

「足袋も穿《は》いてるし、忘れ物はないな？　じゃあ、下まで一緒に行こう」

薔に敬語を使うのをやめた業平は、鉄扉の鍵《かぎ》を手に立ち上がった。

これから彼に続いて一階まで下りて、別の隊員に引き渡されることになる。

憑坐役《よりましやく》は贔屓生を宿舎まで送ったりはしないので、薔が業平と一緒にいるのは、わずか数分の予定だった。

「――ん？　なんだ、何やら下が騒がしいな」

開かれた鉄扉の外に出るなり、業平は警戒心を漲《みなぎ》らせる。

玄関に相当する控えの間にいた薔は、耳よりもまず、彼の背中を通じて異変を感じた。

何かあったのかもしれない――そう思って踏みだすと、人声や足音が聞こえてくる。

「お待ちください！　ここで勝手な真似《まね》をされては困ります！」

ざわめきを切り裂くように届いたのは、紛れもなく常盤の声だった。

信じ難《がた》い状況に、薔はすぐさま自分が取るべき行動を選択する。

学園内に目上の者などほとんどいない常盤が敬語を使っているということは、今、彼を困らせているのは学園長か、教祖の弟である王鱗《おうりん》病院の院長、或《あ》いは教団本部直轄の管理部の人間か、学園外の上役だ。招かれざる客が来たのは間違いない。

「ここで神子《みこ》が誕生したはずだ！　何故未《なぜいま》だに吉報が届かないのだ！」

五十路《いそじ》を過ぎていそうな男の声が響き渡り、同時に数人が階段を駆け上がってきた。

逃げるような真似はせずに、ただ驚いているべきだと判断した薔は、五階の鉄扉の外にある一畳ほどの空間で立ち尽くす。

業平と横並びになり、彼と目を見合わせた。

業平は口を開かなかったが、「何があっても落ち着いて切り抜けよう」と言わんばかりの顔つきで、ゆっくり頷《うなず》く。薔も小さく頷き返した。

「そこにいるのは贔屓生一組の薔だな！　神子に選ばれたのは君か⁉」

どたどたと大きな足音を立てながら、薄暗い階段を洋装の男が駆け上がってくる。

四階や三階でも、「剣蘭《けんらん》っ、今すぐここを開けなさい！」「白菊《しらぎく》！　神子に選ばれたのは君か⁉」などと声をかけては扉を叩《たた》いていた。

細い階段室に複数の人間の声が重なり、反響する。

五階まで上がってきたのは、侍従服姿の初老の男だった。

竜虎隊の隊服をスーツに近い形にした黒服で、帽子の類《たぐ》いは被《かぶ》っていない。

男が襟元につけているバッジを見るなり、薔は彼が正侍従だと判別できた。

以前はよく知らなかった侍従の階級や見分け方を常盤から教わっていたため、この男が教団内で非常に高い地位にあることがわかる。

「薔っ、神子に選ばれたのは君か⁉」

「黒柿《くろがき》様、降龍殿は竜虎隊の管轄です。このようなお振る舞いは許されません」

五階の床の数段下まで迫った正侍従——黒柿に、常盤は厳しい口調で抗議した。

声を荒らげてはいなかったが、凄《すご》んだうえで黒柿の肘《ひじ》を後ろから摑《つか》む。

「放しなさい、私は教祖様の命を受けてここに来たのだ！」

「教祖様でも、学園内で行われる降龍の儀を不当に邪魔《じゃま》する権利はありません」

「儀式はすでに終わっている。我々はすべて終わるのを待って動いているのだから文句はあるまい。そもそも君に不正の疑いがあるから、こんなことになったのだ！」

興奮している黒柿は、常盤の手を振り払うなりもう一度薔を見た。

これですでに三度目だが、「君が神子に選ばれたのか？」と訊《き》いてくる。

五十代と思われる彼の瞼《まぶた》には少々弛《たる》みが出始めていたが、目はぎらぎらと精力に満ち、尋常ではない期待感に満ちていた。

——たぶん、この人は南条家《なんじょう》の正侍従で、俺が南条本家の三男だって知ってるんだ。状況がよくわからないけど、今夜……一組の中から神子が誕生したと思ってるのか？

薔はあえて常盤とアイコンタクトを取るような真似はせず、「いいえ」と答える。

どんな状況であれ、この場で最優先すべきことは疑いを晴らすことだと思った。

慌てふためいてはいけないが、冷静過ぎてもいけない。急なことに贔屓生として当たり前に驚きつつも、否定すべきことは否定しなければならない。

「俺は選ばれてません、普通に……いつも通りでした。今夜は業平さんと……」

薔は、自分の性格やこれまでの生活態度を黒柿が把握していると仮定し、贔屓生であることや男に抱かれるのが不本意だという気持ちを匂《にお》わせておく。

報告書などを通じて南条家が認識している薔という童子を、意識して演じた。

いつも通り嫌々ながら仕方なく儀式に挑んだが、神子に選ばれてはいない。そのことに安堵《あんど》して誰より早く帰ろうとした矢先に、突如現れた偉そうな侍従から疑いをかけられて困惑している――そんな自分をなるべく自然に演じた薔は、「俺は選ばれてないんで、もう帰ってもいいですか?」と、突《つ》っ慳貪《けんどん》に言った。

「そんな……っ、君じゃ、ないのか?」

露骨に落胆する黒柿は一気に勢いを失い、その隙《すき》に常盤が再び彼の肘を摑む。

「黒柿様、これはどういうことか説明してください。事前の連絡もなく学園に踏み込み、剰《あまつさ》え神聖な降龍殿を穢《けが》すお振る舞い、決して許されるものではありません」

「もちろん……説明はする。然《しか》るべき場に、今夜の憑坐役と贔屓生を集めてくれ。今夜、教祖様が何故このようなことを我々に命じられたか、包み隠さず話す所存だ」

「承知致しました。では一階にお戻りください。業平と薔も、このまま下へ」

ひとまず難を逃れた薔は、業平が「はい」と答える横で直立していた。

膝《ひざ》が震えないようにするために、丹田《たんでん》に意識を集中する。

階下では、鉄扉が軋《きし》みながら開くところだった。

降龍殿の一階に集められた面々は、紙垂《かみしで》を垂らした注連縄《しめなわ》の外に座ることになった。

狂信的な信者を演じている常盤が、「聖域内で神事とは関係のないことをするわけにはいきません。神への冒瀆《ぼうとく》に当たります」と強く主張したせいだ。

常盤は怪我《けが》が完治していないことをアピールするために、黒柿らに対して、「恥ずかしながら神罰を受けて間もない身です。だいぶよくなりましたが正座はまだ不可能なので、立ったままで失礼致します」と断った。

実際には短時間なら正座も可能だが、大きな事故からそれほど日が経《た》っていないため、神懸かりした回復力は見せたくないのだろう。

降龍殿の一階は広く、注連縄の外側でも特に不都合はなかった。

祭壇に背を向ける上座に正侍従の黒柿が座り、その左右斜め前に、正侍従補佐官四人が二手に分かれて座布団を並べ、下座側の壁寄りの位置に常盤が立つ。

黒柿から少し離れた真正面に、今夜五階を使ったことになっている業平と薔が座って、その両脇《りょうわき》に、四階を使ったことになっている柏木《かしわぎ》と剣蘭、三階を使ったことになっている雪笹《ゆきざさ》と白菊という配置になる。

送迎を担当する格下の隊員は外に出され、降龍殿には十二人が残った。

薔は左右の組み合わせを見て、柏木と雪笹が交代を終えていたことを知り、密《ひそ》かに胸を撫《な》で下《お》ろす。

おそらく黒柿らが踏み込んでくる少し前まで、柏木は白菊のいる三階にいたはずだ。雪笹は比較的若い隊員で、西王子一族の人間だと聞いていた。今は素知らぬ顔で白菊の隣にいるが、つい先程まで剣蘭の添い寝係をしていたと思われる。

「諸君、これから私が話すことに真剣に耳を傾けなさい」

慌ただしい騒ぎから一転、黒柿は正侍従らしい貫禄《かんろく》を見せつけながら前置きした。

下座側にいる全員の緊張と、秘密を守ろうとする気持ちが一つになる。

しかし同時に、発覚を恐れる恐怖心も渦巻いていた。

常盤にだけ抱かれている陰神子の薔と、竜虎隊隊長でありながら不正を働き、さらには他の隊員にも不正を指示している常盤。柏木にだけ抱かれている白菊と、白菊を守るべく不正に加担している柏木。これまで一度も男に抱かれたことがない剣蘭と、常盤の指示に従って添い寝で済ませた雪笹。そして常盤と入れ替わった業平。

現在学園に籍を置き、下座側にいる七人全員が、罪の大きさは違えども、自分は不正行為をしているという自覚を持っている。

罪を暴かれても平気でいられる人間は、ここには一人もいない。

上から指示されただけの雪笹や業平からも、隙を見せまいとする気概が感じられた。

「今夜……午前零時を過ぎても神子誕生の吉報が入らなかったため……異例ではあるが、教団内で簡略化した降龍の儀を行った。龍神が原則として一晩に一度しか降りてきてくださらない中で、神を降ろさぬ夜があっては惜しいと、教祖様は思われたのだ」

「――ッ」

黒柿の発言に、薔は鳩尾《みぞおち》を殴られたような衝撃を受ける。

思わず常盤の顔を見そうになり、すんでのところで視線の動きを止めた。

黒柿の顔を真《ま》っ直《す》ぐに見ながら、日付が変わる前に常盤と交わした言葉を思い返す。

『神子が誕生しなかった不発の夜に、教祖が教団の神子を抱いて、龍神が降りるかどうか試す可能性があるということだ』

何時間も前に聞いた常盤の声が、あの時のままの口調で聞こえてくる。

常盤の危険予測は当たっていた。もしも過去の儀式と同様に抱かれていたら――教祖が教団の神子を抱いても、龍神が降りることはなかっただろう。

もし降ろせたとしても、それは陰降ろしになるため御神託は得られず、「誰かが先に降ろした」と発覚するところだった。つまり常盤の選択は賢明だったのだ。

――でも、それなら何故……この人達はここにいるんだ？

今夜ここで神子が誕生しただろうと、黒柿らは疑っている。

即《すなわ》ち教祖が教団の神子を抱いても、従来の形で龍神を降ろせなかったということだ。

「黒柿様、結果を伺う前に申し上げたい議がございます。学園で降龍の儀が行われる夜に神子を抱くことは、教義で固く禁じられている違法行為です。『異例ではあるが』で、済ませられる話ではございません。神子誕生の瞬間は深夜が多いとはいえ、過去には明け方近くに降龍に成功した贔屓生も存在します。今年度二人目の神子を求める教祖様が、神子誕生を邪魔するなど以《もっ》ての外《ほか》。本末転倒ではありませんか？　教団での簡略化した儀式とやらは、要するに教祖様が銀了《ぎんりょう》様をお抱きになって、愉《たの》しまれただけのことでしょう」

「──常盤……っ、言葉が過ぎるぞ」

「これは失礼を。教祖とはどうあるべきかを、よくよく考えねばならない身ですので」

黒い羽二重姿で壁際に立つ常盤は、ここに来て次期教祖候補であることを匂わせ、場の空気を支配しようとしていた。

自分の管理下にある王鱗学園で、好き勝手なことはさせないという意志が威圧となって黒柿を上から抑えつけている。そのうえ常盤の表情や口調は自信に満ちていて、非の打ち所がない完璧《かんぺき》な隊長にしか見えなかった。

「我々がここにいることから結論は言うまでもないが、銀了様をお抱きになった教祖様の御体に、龍神が降りることはなかった。今夜、もし誰も降ろしていないなら、必ず降りたはずだ。つまり、ここにいる三人の贔屓生の誰かが先に降ろしていたと考えられる」

黒柿の発言は薔の予想の範囲内だったが、しかし冷静ではいられない。

自分は降ろしていないが、単に今夜は降ろさなかったというだけの話だ。神子であることを教団に隠している身に変わりはなく、これまで以上に強い嫌疑をかけられるのも、体を調べるなどの辱めを受けるのも避けたかった。

辱めだけで済めばまだましだが、陰神子だとわかれば確実に常盤と引き裂かれる。その先にあるのは、教団本部での男娼《だんしょう》のような生活だ。

──どういうことなんだ？　まさか、白菊が？　今年度三人目の神子？

白菊の様子を見たくなった薔は、自分以外の誰かが神子になったのでは……と疑うのが自然な場面だと判断し、白菊の方を見る。

すると白菊は白菊で、こちらを見ていた。「まさか、薔くんが？」と、今にも言いだしそうな顔をしていたが、躊躇《ためら》いがちに唇を開くばかりで何も言わなかった。

──白菊じゃ……ないよな？　そもそも一年に二人だって珍しいのに、三人も誕生するわけがない。杏樹《あんじゅ》が神子に選ばれたのは、四月三十日ってことになってるけど、実際には三月三十一日だから……年度で言うなら昨年度の二人目の神子って考え方ができる。その場合は今年度の一人目の神子は俺で、二人目は白菊……って可能性もゼロではないけど、年度替わりが四月なのは日本の便宜上の話だし、龍神がそれに合わせて切り替えてるとは思えない。だから……やっぱり変だ。今夜白菊が神子に選ばれたなら、それは三人目ってことになる。絶対ないとは言いきれないにしても、違う気がする。

白菊ではないという結論に達した薔は、念のため剣蘭にも顔を向ける。

やはり彼もこちらを向いていて、薔と白菊を交互に見ていた。

おそらく、「常盤様に抱かれた薔が神子になって、それを隠してるのか？　それとも、柏木様に抱かれた白菊が神子になったのか？」と、疑いながら困惑しているのだろう。

剣蘭自身は心配のない身でも、この場にいる誰よりも焦った顔をしていた。

「改めて諸君らに訊こう。神子に選ばれるのは非常に目出度《めでた》いことだ。神子として務める期間は、長い人生のうちのほんの一時に過ぎないが、一生豊かな暮らしが保証され、誰からも尊敬され、愛される存在になれる。何より神の寵愛《ちょうあい》を受ける人生がどれほど幸福なことかは、言うまでもないだろう」

静まり返った部屋の中で、黒柿は贔屓生一人一人に目を向ける。

最後は薔の顔を見据え、頼むから君であってくれと言いたげな念を送ってきた。

「今年度二人目の神子が、この中にいるか？」

「俺は違います」

薔が即答すると、剣蘭と白菊が「俺も違います」「僕も違います」と、声を重ねる。

薔の予想では、期待を裏切る返答に黒柿が落胆するかと思ったが、彼の表情は瞬く間に怒りに満ちたものへと変わっていった。

「そんなわけがない！　必ずや神子が誕生したはずなのだ！」

黒柿は露骨に薔の顔を見ており、南条本家から神子を出したいという悲願を滲《にじ》ませる。

ここまで必死になっている以上、教祖が銀了という愛妾《あいしょう》の神子を抱いたことも、今夜龍神が降りなかったことも事実だろう。

問題は、誰が先に降ろしたのか――それについて考えようとすると、薔の脳裏には椿《つばき》の顔が浮かんできた。

学園の外にいる椿が、楓雅《ふうが》以外に抱かれて龍神を降ろしたとは考えたくないが、しかし延命のために誰かに抱かれる必要があったとしたら、今夜を選ぶのは自然な話だ。

椿はおそらく、今夜は常盤が薔を抱いて龍神を降ろすと考えていただろう。

夜更けに自分が誰かに抱かれても、陰降ろしになると思ったはずだ。

もしも薔より先に龍神を降ろしてしまったとしても、通常、学園で儀式が行われる日は教団では儀式を行わないのだから、どこかに陰神子がいると疑われる事態にはならない。

「ここへ来る前に、陰神子として何度か疑惑を持たれている椿の所在を確認した」

椿が悪意なく龍神を降ろした可能性について考えていた薔は、黒柿の言葉に再び衝撃を受けた。彼の視線は、今は常盤に向かっている。

まるで、『どうだ先手を打ってやったぞ』と書いてあるかのような表情だ。

「昨晩も今も、椿は京都にいる。ここで詳しいことは言えないが、信用できる御方と共に行動していた。椿が実は陰神子で、龍神を降ろしたという可能性は微塵《みじん》もない」

黒柿は断定するなり前のめりになり、目の前の畳に掌《てのひら》を当てる。

叩くというほどの勢いではなかったが、ずいと顔を出して竜虎隊員を睨《にら》み据えた。

「柏木、業平、雪笹、お前達は今夜本当に龍神を降ろさなかったのか？　性行為の間に、きちんと鏡を見ていたのか？」

童子の前でもお構いなしに生々しい発言をした黒柿に対して、隊員達は怯《ひる》まなかった。

最も地位のある柏木がこれまで以上に背を正し、「恐れながら、どれほど願っても神は私の体に降りてきてはくださいませんでした。剣蘭は神子ではありません」と答えると、業平が「同じく真摯《しんし》に励みましたが、薔を神子にすることは叶《かな》いませんでした」と答え、雪笹もまた、「私も同じく、残念ながら白菊を神子にできませんでした」と続ける。

揃《そろ》いも揃って申し訳なさそうにしながらも崩れない三人に、黒柿も、彼の斜め前にいる正侍従補佐官四人も、苛立《いらだ》ちを隠せない様子だった。

「そうか……一応のところ理解はしたが、しかし何かの間違いということもある。神子に選ばれるのは栄えあることだが、神子になることを避けたがる不埒《ふらち》な輩《やから》が一定数いるのも事実。今年度二人目の神子が秘匿されている可能性が否めない以上は……肉体審問により真実を明らかにするよりほかかない」

黒柿が放った肉体審問という言葉に、下座側のほぼ全員が反応する。

常盤だけは別で、黒柿の話の終着点が読めていたようだった。

あくまでも冷静な態度で、「それは教祖様の御命令ですか?」と問う。

「その通りだ。教祖様は、美童が多く揃う一組から贔屓生が出るに違いないと、以前より期待を寄せていらした。そこに来て今回の疑惑だ。常盤、君の言葉も君の部下もいまいち信用ならない。教祖様は、多少手荒なことをしてでも真実を明らかにしたいと仰せだ」

薔は黒柿と常盤のやり取りを聞きながら、膝の上の拳《こぶし》を震わせる。

教団が陰神子を探す場合の肉体審問がどういうものか、剣蘭や白菊は知らされていない可能性が高いが、薔は常盤から聞いていた。

御三家それぞれから出す複数の審査官の前で憑坐に抱かれ、神子かどうか試される。立会人は最低でも三人。場合によってはもっと大勢の前で抱かれることもあるという、屈辱的な行為だ。抵抗する場合は拘束具を使われ、公開凌辱《りょうじょく》される破目になる。

「冗談じゃない! 神子でもないのに、なんで調べられなきゃいけないんだ!」

思わず怒鳴った薔の勢いに、黒柿は意表を突かれて怯む。

薔は自分が凌辱される光景と共に、白菊が同じ目に遭うことを想像していた。男に抱かれたことがない剣蘭にしても同じだが、そんな目に遭わされたらどれだけ深く傷ついて、心身共に大きなダメージを食らうことだろう。自分は実際に陰神子なのでまだ仕方がないと思える面もあるが、白菊や剣蘭を巻き込みたくなかった。

もちろん自分も嫌だ。肉体審問など絶対に受けたくない。

——やめさせるためには、俺が神子ですって……名乗り出ればいいのか？

教祖を始めとする黒柿らの目的は薔なのだから、名乗れば確かに穏便に済む。

この場で「今夜神子に選ばれました」と言ったら業平が嘘《うそ》をついたことになり、迷惑をかけてしまうが、神子を誕生させた憑坐は本来称《たた》えられる立場になるため、自分が庇《かば》いさえすれば相殺されて問題なく終わるだろう。

この場で神子になってしまえば、陰神子ではなく栄えある神子として迎えられ、教祖は歓喜し、常盤の経歴に傷はつかない。白菊や剣蘭が肉体審問を受けることはなくなり、表向きは円《まる》く収まる。

しかしこれは、現実には絶対に取れない手段だ。

その方法を取ったら、常盤が長年積み重ねた努力を無にして、彼を苦しませてしまう。

一番大切な人は誰か、最も守りたいものは何か、それを見誤ってはいけない。

何を犠牲にしようと、常盤と一緒に幸せになる道を進むと決めたのだ。

「俺は神子じゃないので、肉体審問なんて受けません。白菊だって剣蘭だって同じです。何かの間違いっていうなら……龍神を降ろせなかったことが間違いなんじゃないですか。本当に降ろせなかったのか、そっちを再検証するのが先だと思いますけど」

彼らが認識する薔らしく、生意気な態度で抗議した薔に、黒柿は絶句する。

一方常盤は、「これ以上の正論はないな」と、薔の意見を肯定した。

「黒柿様、いくら教祖様の御命令とはいえ、龍神の子である竜生童子を深く傷つける肉体審問は、安易に行ってよいものではありません。何より、今夜の一件で最も疑わしいのは銀了様ではありませんか？」

「常盤……っ、なんということを！」

「私は当たり前の疑問を持っただけです。龍神を降ろせなかった理由は、実に単純な話に思えてなりません。銀了様は、現在二十七歳。神子に選ばれたのが早かったため、すでに九年五ヵ月も神子を務めていらっしゃいます。御褥《おしとね》すべりの時が来たとしても不思議ではありません。この三人の中に神子がいると決めつける前に、まず確かめるべきは銀了様が現役の神子であるかどうかです。教祖様に、そのようにお伝えください」

「現役の神子様を……それも銀了様を疑うとは、なんと恐れ知らずな！」

「私は神の子である贔屓生を任されている身ですから、彼らを大切に扱いたいだけです。この中に、行く行くは神子になる童子がいると考えていらっしゃるなら、なおさら丁重に扱うべきではありませんか？　龍神に愛される御方を傷つけると悲惨な目に遭うことを、身を以て知っている私としては、無理強いはできません」

常盤は事故による怪我で座ることも儘《まま》ならないと言いたげに自分の脚を軽く叩き、挙げ句の果てに左の掌を黒柿の方に向けた。先程まで剝《む》きだしだった手術痕《あと》にはテーピングが施されていたが、少年期に龍神の怒りを買って火傷《やけど》した痕は見える。

「贔屓生も降龍殿も、我々竜虎隊の管理下にあることをお忘れなく。何より、教団信者が優先すべきは、教祖様ではなく龍神です。神の御意思に逆らえば貴方《あなた》がたも私のように、火達磨《ひだるま》になったり血溜《ちだ》まりでのた打ち回ったりする破目になりますよ」

「――ッ……ゥ」

「さあ、速やかにお引き取りを」

竜虎隊隊長であり、次期教祖候補でもあり、そして極道の人間でもある常盤の気迫に、教団本部から来た五人は完全に気圧《けお》されていた。

龍神の逆鱗《げきりん》に触れて神罰を二度も受けながらも、結局は神の愛を受け、死の淵《ふち》から呼び戻された男の言葉には、迫りくる恐怖と神の威光を感じさせるだけの凄みがある。

神罰を恐れるあまり、補佐官達は我先にと立ち上がった。

黒柿は最後まで粘っていたが、苦虫を噛《か》み潰《つぶ》したような顔をして腰を上げる。捨《す》て台詞《ぜりふ》を吐くようなみっともない真似はせず、黙って降龍殿をあとにした。

彼らが出ていって扉が閉められると、張り詰めた糸どころでは済まないほど凝《こご》っていた空間が緩む。体感温度が、軽く十度は違う気がした。

「今夜のことは、当然ながら口外無用だ。今後については本部から連絡が入り次第すぐに伝える。あまり思い詰めずに、普段通り過ごすように」

「――はい」

常盤は、聶覓生だけではなく隊員にも言っているようだった。

特に、「あまり思い詰めずに」という言葉は、すぐに熱を出して倒れてしまう白菊と、その身を案ずる柏木を気遣《きづか》って出たものかもしれない。

きっとそうに違いない。薔のことは心配要らないと……強い子だから大丈夫だと、そう思ってもらえている気がした。

――よかった……これでとりあえず肉体審問は保留になったってことだよな。あとは、銀了様って人が引退したから降ろせなかった……ってだけの話ならいい。今夜、椿さんの無実を証明した「信用できる御方」っていうのは榊《さかき》さんのことだろうし、一緒にいたのが榊さんなら、椿さんは本当に龍神を降ろしてないはずだ。常盤の推察通り……ベテランの神子が龍神から飽きられて、引退した。ただそれだけであってほしい。

薔は祈るような気持ちで、今も壁際に立つ常盤を見つめる。

常盤もまた、自分を見ていた。

常盤が近くにいるというだけで、ほっとする。

他人の耳目があるため、個人的に言葉をかけられることはなかったが、「大丈夫だ」と言いたいのが伝わってきた。

――常盤……わかってる。俺は平気だ。

薔は無言で少しだけ頷くと、視線で返した。

隣では、剣蘭から離れた柏木が白菊に声をかけたり、雪笹が送迎の隊員を呼びに行くと言って土間に下りたり、剣蘭が「足袋を穿き忘れました」と言って階段を上がる。

それに気づいた雪笹が、「鍵がないと開きませんよ」と声をかけた。

柏木がすぐに、「四階の鍵を持っているのは私だ」と言って階段に向かう。

神聖なる降龍殿の中ということもあり、誰もが静かに動き、控えめな声で話しつつも、俄《にわか》に騒々しくなった。

――なんだろう……肩が、凄く張ってる感じがする。

耳慣れた人の声と物音が重なる中で、薔はようやく人心地ついた気がした。

肩どころか背中まで張っていて、頑張らないと力が抜けない有り様だ。

常盤は今も、壁際から視線を送ってきていた。

――常盤……。

薔は自分が思っているよりも緊張し、肉体審問を恐れていたことを自覚する。

常盤が口にした、厳しい竜虎隊隊長らしくない労《いたわ》りの言葉は――他の誰でもなく自分に向けられたものだったことに、いまになって気づいた。

7

九月十二日、深夜——十一日の夜から十三日の朝まで公休になっていた常盤《ときわ》は、自宅に戻り、独りの時間を過ごしていた。

持ち家はいくつかあるが、完成したばかりのマンションを新たな自宅にしている。西王子《さいおうじ》本家と教団本部の中間地点に位置する低層マンションで、西王子一族や虎咆《こほう》会の人間しか住まわせていないうえに、最上階すべてを占有していた。

地下には駐車場があるが、常盤の車だけは車両が搭載可能なエレベーターで最上階まで行くことができる。乗車したまま自宅フロアに戻り、厚い硝子《ガラス》の向こうに並んだ車五台とバイク数台を、リビングから一望できる構造だった。

車好きだからという理由だけではなく、車を身近に置いておけば、急に出かける場合にセキュリティ絡みの車両点検をせずに済んで都合がよいからだ。どんなにセキュリティを強化しても、何者かが地下駐車場に忍び込んで、発信器を取りつけるなどの細工をする可能性はある。常盤は過去に、大事な場面でタイヤの空気を抜かれて、車で出かけられない事態に陥ったことがあった。仕方なくバイクに切り替えたおかげで薔《しょう》の救出に間に合って転禍為福《てんかいふく》になったものの、それ以来、車両に関する警戒を強めている。

高層階からの眺望を捨て、あえて低層のマンションに住んでいるのも、万が一の場合、屋上からヘリで脱出できるタワーマンションよりも、ロープ一本あれば自力で脱けだせる建物に住んでいる方が合理的で、安全性が高いからだ。セキュリティが充実しているうえに、設計段階からこだわりを持って建てたため、常盤は数ある物件の中でもこの新居を特に気に入っている。いつまで住むかはわからないが、薔の部屋も用意してあった。

——午前一時……結論はすでに出ている頃だ。

窓側のソファーに身を預けながら、教団本部ビルの方角を見据える。

酒を飲みたい夜だったが、いつでも出かけられるよう素面《しらふ》で待機していた。

しかしどうにも落ち着かず、久しぶりに煙草《たばこ》に手を伸ばす。

教団本部にいる正侍従——叔父の於呂島《おろしま》からの連絡を待っているため、ソファーの前のローテーブルには携帯電話を置いていた。

合否を待つような心持ちで、今か今かと待ち続ける。

今夜、教団本部では特別な儀式が行われ、銀了《ぎんりょう》が教祖に抱かれることになっていた。

神子《みこ》が御褥《おしとね》すべりをしたかどうか、つまり龍神《りゅうじん》の寵《ちょう》を失ったかどうかを確かめるための儀式は残桜《ざんおう》の儀と呼ばれており、疑いのある神子を教祖が抱くのが原則になっている。

あくまでも原則とされているのは、教祖と神子に血縁関係がある場合に備えてだ。

銀了と現教祖の間に濃い血の繋《つな》がりはないので、今回は原則通り教祖が憑坐《よりまし》を務める。

霊寵を失った可能性があるとはいえ、試されるのは神の愛妾《あいしょう》を長く務めた神子であり、肉体審問のような辱めを受けさせるわけではなかった。

立会人も二人に限られ、憑坐以外の御三家の当主が務める。

今回の場合は教祖が憑坐で、立会人は残る二家の当主——即《すなわ》ち、常盤の父親の西王子家当主と、葵《あおい》の父親の北蔵《きたくら》家当主の二人だった。

銀了は男二人に見守られながら教祖に抱かれ、龍神を降ろせなかった場合は、その場で御褥すべりを言い渡される。

神子ではなくなり、引退して教団本部を去るということだ。

しかし神子誕生の場合とは違って、御褥すべりはすぐに公表されるわけではない。

御三家の当主二人に召集をかけることも、残桜の儀そのものも密《ひそ》やかに行われ、結果がどうであれ神子は丁重に扱われる。我が身の凋落《ちょうらく》と捉《とら》えて心乱れる神子も多くいるので、本人の気持ちが落ち着いた頃に、然《しか》るべき日を選んで公表される習わしだった。

——銀了が神に飽きられたから、九月十日の夜に龍神は降りてこなかった……おそらくその通りだと思うが、銀了が引退すると一つ厄介なことがある。

相変わらず鳴らない携帯電話を睨《にら》んだ常盤は、煙草を灰皿に押しつけた。

教祖は銀了を可愛《かわい》がってはいるが、それはあくまでも銀了が神子であることが大前提であり、引退すれば別の神子を愛妾にすると考えられる。

これまで教祖は、銀了を抱きながら「どこかに陰神子はいないか」という問いに対する御神託を得ていたが、薔や椿《つばき》の存在が御神託として降りることはなかった。

それは龍神の寵に於《お》いて、銀了が薔や椿よりも劣っているからだと考えられる。

銀了の方が二人よりも年上で、常盤の美的感覚では容色のうえでも劣るのだから当然と思えるが——しかし教祖が新たな愛妾を若い神子から選んだ場合、形勢が変わってしまう可能性がある。

自分の愛情や好みは別として客観的に考えても、最年少神子で、容色も優れている薔は安全な立場でいられるだろう。薔と同じ最年少神子の杏樹《あんじゅ》が教祖の愛妾に選ばれたとしても、薔が杏樹に負けるとは考えにくい。

一方、椿はすでに二十四歳。神子としては中堅を過ぎた年齢だ。教団本部の神子よりも美しく、そう簡単に負けるとは思えないが、これまでよりも危うい立場にはなる。

すでに縁を切り、南条《なんじょう》家に譲り渡した従弟《いとこ》とはいえ、椿が在学中に前隊長の蘇芳《すほう》から与えられた屈辱を思うと、彼が必死に守ってきたものを壊したくなかった。

前世がどうのと言いだした椿にはよくわからないところがあるが、口で何を言おうと、椿の心が楓雅《ふうが》に向いているのは明らかだ。

薔と再会する前の常盤は、椿を自分の恋人にしようとしたことがあったが、椿は常盤を拒んで一日も早く学園に戻ることを望み、楓雅との逢瀬《おうせ》を重ねた。

蘇芳から与えられる屈辱に耐えたのも、常盤を拒んだのも、すべて楓雅を想《おも》ってのことならば、そこに侵し難《がた》い愛があるのは間違いない。

いまさら椿の嘘《うそ》が発覚し、元陰神子という低い立場で教団本部ビルの地下牢《ろう》に幽閉されるような事態は、どうあっても避けたかった。それではあまりにも椿が不憫《ふびん》だ。

紫苑《しおん》の一件により元陰神子の待遇が今後は改善されるとしても、椿が教団の神子になることを強く拒んでいる以上、発覚を避けたい気持ちに変わりはない。

——銀了の御褥すべりが確定しなければ、薔や剣蘭《けんらん》、白菊《しらぎく》が肉体審問を受けさせられる破目になる。だが、銀了が教祖に捨てられるのは困る。

何もかもが思い通りになって、意外にも教祖と銀了の間に肩書など無関係な本物の愛があればよいのだが……我が子を何がなんでも神子にしようと画策する下種《げす》な男が、銀了に純粋な愛を持っているとは思えなかった。よしんば二人の関係が続いても、銀了が神子でなくなれば、教祖は御神託を求めて若い神子を抱くだろう。

果たして今後どうなるのか、自分が考えても意味のないことに鬱々《うつうつ》としていた常盤は、於呂島からの連絡を待ち続けることに疲れ、ソファーから立ち上がった。

今から教団本部に赴き、父親に会って直接話を聞くことにする。

御三家当主の召集は極秘に行われるため、それを知っている立場の常盤が目立つ行動を取ったり、理由もなく教団本部に行ったりするわけにはいかないが、ここでじっとしてはいられなかった。せめて近くまで行きたい。

「——ッ！」

スーツの上着に手を伸ばすと同時に、携帯電話が振動する。

飛びつきたいところをあえて一呼吸置いた常盤は、画面を見るなり目を疑った。

残桜の儀の立会人である父親経由で、於呂島が情報を流してくることになっていたが、表示されていたのは於呂島の名ではなかった。西王子家の、他《ほか》の誰かでもない。

「——はい」

顔を顰《しか》めながら電話に出ると、『夜分に失礼する』と返ってきた。

表示されていた名は『榊《さかき》』で、聞こえてきた声は確かに彼のものだった。

常盤の脳裏に、黄金色と表現するに相応《ふさわ》しい琥珀《こはく》の瞳《ひとみ》が浮かび上がる。

蕩《とろ》けるように輝く豪華なハニーブロンドと、洗練された上品な美貌《びぼう》、そしてバランスのよい西洋人的体型を持ち、教団御三家筆頭、南条家の嫡男という高い立場の男だ。

深窓の令息どころか一国の王子の如《ごと》きオーラを放ち、カリスマ性もある美男だったが、常盤にとっては扱いに困る高貴な雌《めす》犬に過ぎない。

「榊さん……何か御用ですか？」

特別な夜に榊が無意味に電話をかけてくるとは思えなかった常盤は、彼の答えに期待を持った。於呂島からの連絡よりも早く、望み通りの報告を得られることを願う。

『常盤……先日は会えて嬉《うれ》しかったよ。今夜は、君が眠れない夜を過ごしていると思うと落ち着かなくて……今なら、電話をかけても嫌がられないと思ってね』

「それは御用件次第です」

榊の名を見た瞬間から眉間《みけん》に皺《しわ》を寄せていた常盤は、窓辺に立って無表情を取り戻す。

榊と対立する気はなく、もしそんなことをすれば自分が損をするのは承知していたが、強い恋情を寄せてくる相手が鬱陶《うっとう》しいのは事実だった。

貴方《あなた》を愛している——と言いながら首を掻《か》っ切《き》る男や女を幼い頃から見てきたうえに、つい最近も同情を寄せた紫苑に首を括《くく》られ、自身を呪《のろ》いたいほど後悔した常盤にとって、行き過ぎた想いは忌々《いまいま》しい。

魔性と評される自分の性的魅力を利用することもあるが、その一方で、相手に死なれることを恐れてもいた。他人から寄せられる好意を手放しに喜ぶ余裕はなく、ある意味では葵以上に榊を苦手としている。

『残桜の儀の結果を、早く手に入れることができたものだから……君に伝えて、少しでも喜んでもらいたくて』

そう言う榊の声は、どことなく嬉しそうだった。

生来の柔らかで優しげな声に、喜色が加わっている。

「俺が喜びそうな結果でしたか？」

『ああ、銀了様は龍神を降ろせなかった。これで、九月十日に龍神が降りなかった理由は銀了様にあったと確定し、贔屓《ひいき》生一組の疑いは晴れたことになる』

「それは何より、重畳《ちょうじょう》です」

常盤は淡然と答えたが、胸の内で心臓が大きく脈打つのを感じた。

九月十日の夜に薔や椿が龍神を降ろしていない以上、銀了が見限られたに違いないとは思っていたが、こうして確定すると言葉にならない安心を得られる。

これで疑いは晴れ、贔屓生一組の三人は辱めを受けずに済む。

『それと、もう一つ。銀了様の御褥すべりが決定するや否や、教祖様は銀了様に縁切りを言い渡したそうだ』

「――そうですか……神子ではなくなった途端に切るとは、薄情なことですね」

『それも確かだが、実は……紫苑様の意識が戻った辺りから、教祖様は原因不明の微熱に悩まされていた。検査をしても特にどこが悪いというわけではなかっただけに、銀了様の引退を以て、天罰の一種だったと判断したそうだ』

「紫苑様に関わる天罰という意味ですか？」

『ああ、最初のうちは運気向上のために銀了様をお抱きになっていたが……一向に体調はよくならず、むしろ悪くなる一方で、そのうちに天罰の疑いを持たれたようだ。紫苑様につらく当たっていた銀了様と関係を続けることは、龍神の怒りに触れることではないかと思うようになり……神の愛が銀了様から離れたことで、それを確信したというわけだ』

「元陰神子であろうと、神子は神子です。あのように冷遇すれば、神の逆鱗《げきりん》に触れるのは当然のこと。もっと早く気づいていただきたかったですね」

『そうだな……本当にそう思うよ。適切な進言ができなかったことを後悔している。もし教祖様が紫苑様を丁重に扱っていれば、君が紫苑様に同情することはなかった。紫苑様が命を絶とうとすることも、君が事故に巻き込まれることもなかったということだ。左手を酷《ひど》く怪我《けが》して……君がこれから不自由したらと思うと、胸が痛む。私は昔から、君の指が奏でる音が本当に好きなんだ』

こんな時にピアノの話を持ちだす榊に呆《あき》れながら、常盤は再び窓外に目を向ける。

教団本部ビルと隣接する、朱雀《すざく》病院に想いを馳《は》せた。

今の紫苑には、十七歳までの記憶しかないが、前向きにリハビリに励み、龍神の加護もあってか著しい回復力を見せている。もう誰にも虐げられることはなく、やがては完全に自由な身になれるだろう。

——紫苑様……あの銀了が、失脚しました。

自分を長年苛《いじ》め抜いた銀了が、龍神の愛を失い、教祖の愛まで失ったことを知っても、紫苑はおそらく喜ばない。記憶のあるなしにかかわらず、あの人はただ静かに現実を受け入れる気がした。

『常盤……私が椿のアリバイを証明したことで、私の目的が薔を神子にすることだと君は考え、軽蔑《けいべつ》したことだろう。だが実際には違う』

紫苑に語りかけていた常盤の耳に、榊の意外な弁解が届く。

しかしこれは無用な弁解だった。常盤からすれば、榊が椿の無実を証明するのは必然であり、その意図について重く考えてはいなかったからだ。

『九月十日の夜に薔が神子に選ばれたのではないかと疑いを持ち、肉体審問にかけたいと考えたのは、教祖様と南条家の一部の人間だけだ。私は違う』

さらに続いた弁解を、常盤は至極当たり前に受け止めた。

南条家の嫡男である以上、榊は薔が神子になることを望んで然るべき立場だが——実の弟である薔を、強引に辱めるような下種な男だとは思っていない。

龍神が降りなかった九月十日の夜に、榊が椿と一緒にいたことを証言したのは、楓雅のために椿を守りたかったからだ。そもそも、榊が椿を守ることは常盤との約束でもあり、その証言により薔が窮地に追いやられたからといって、故意だとは考えにくい。

「貴方が薔を辱めるような方法を取るとは思いませんでしたから、今回のことで貴方を疑ったり軽蔑したりということはありませんでした」

あまり榊を喜ばせたくない常盤だったが、今回のところは正直に言っておく。

教祖がまた何かしてきた場合を想定して、いつでも協力を仰げるよう、今は榊と通じておいた方が得策だと思った。

『ありがとう。私の立場でこんなことを言っても信じてもらえないかもしれないが、実のところ私は……薔には神子になってほしくないと思っている』

「――ッ」

続けられた榊の言葉通り、常盤には彼の発言が信じられなかった。

榊は、常盤の不正に薄々気づきながらも黙認して、薔が未《いま》だに誰にも抱かれていないと思っている――というのが、常盤の認識だ。

黙認しているからといって、薔が神子になるのを望んでいないとは思えない。

「さすがに信じられませんね。南条本家から神子を出したいという悲願を、嫡男の貴方が抱いていないはずがない」

『疑われて当然だが、これが私の本心だ』

榊の声のトーンが不自然に変わった気がして、常盤は聴覚に意識を集中させた。

声や息遣《いきづか》いで相手の心理を読み取るしかなかったが、先程まで喜々としていたのが嘘のような深刻さを感じる。

それだけではなく、どことなく息遣いが苦しげに聞こえた。

『――薔を……神子にしないでくれ』

「それはどういうことですか？　貴方がそう望む理由がわかりません」

榊は何も答えなかったが、わずかに呼吸音が届く。

咳《せき》をするのをこらえるために、無理に息を詰めたようだった。

「榊さん？」

『……そのためなら、どのような協力も惜しまない』

最後は声を整えた榊だったが、そのまま一方的に通話を終える。

彼らしくない行為に驚かされた常盤は、狐《きつね》につままれた気分で立ち尽くした。

──蔷を、神子にしないでくれ？

それは本音だろうかと疑いながら、常盤は榊の言葉や口調を反芻《はんすう》する。

蔷が神子にならなかった場合、榊個人にメリットがあるか否かを考えてみた。

まず大前提として、教団員の多くは、身内から神子を出したいと願うのが普通だ。

特に南条家は、本家から長らく神子を出せておらず、教祖に女児ばかり生まれるという点に於いて龍神の寵愛《ちょうあい》が薄いという見方がある。

そのうえ、同じ家から教祖を連続して立てることに反対する幹部もいるため、南条家としては教祖選の前に本家から神子を出し、教団御三家筆頭として最も栄えある一族であることを知らしめたい悲願があった。

そんな中で、榊が弟の蔷を神子にしたくないと頼んでくる理由──蔷が神子にならないことで得られるメリットは、心情的なものしかない。

自分が剣蘭に抱く感情と同じように、弟が可愛いから男娼《だんしょう》の真似事《まねごと》などさせたくないというなら、その気持ち自体は理解できた。

ただし、常盤は榊が薔に対してそこまで愛情を持っているとは思っていなかったため、榊の願いを疑わずにはいられない。少なくともつい最近までは、榊のことを見た目よりも野心のあるタイプだと捉えていたのだ。

――俺は、榊が神子になれる弟欲しさに俺の弟に目をつけて……紅子《べにこ》の悪事を見るなり自分の弟と取り換えることを思いついたんだと考えていた。

剣蘭と薔が生まれる前から、常盤の弟なら確実に神子になるだろうと周囲が持《も》て囃《はや》していた背景があり、それが榊の行動を後押ししたと、以前の常盤は思っていた。

当時、教団内で西王子家の次男に対する期待が高まっていた理由は、十二歳だった常盤の容貌《ようぼう》にある。北蔵家の葵と同様、少年期の常盤もまた、「嫡男でなければ神子に選ばれたに違いない」と、不本意なことを言われていたのだ。

一方、神子として誰よりも望まれていた南条家の次男――楓雅は、同年齢の子供よりも極端に大きく育ち過ぎていたため、期待は薄いと見られていた。

その影響で薔の未来に懐疑的になっていた榊が、咄嗟《とっさ》に剣蘭を欲したというのが、これまでの常盤の見解だった。しかし実際には動機が異なり、榊は先日、常盤の弟を育てたかったから剣蘭を欲したと言わんばかりの発言をしている。

――それも理由の一つだった、というだけの話だろうが、感情を原動力として大それたことをやらかす男なら……実の弟の薔を愛するあまり、神子にさせたくないと考えるのも不自然じゃない。現に、楓雅に対して随分と入れ込んでいるようだった。

常盤は黒く変わった携帯の画面を見ながら、榊が感情で動いている部分はどのくらいの割合なのかを考える。

弟を守りたいという愛情を抜いた場合に、薔が神子にならずに榊が得をすることは何もない。

ただし、一つ考えられる話として――次期教祖候補の嫡男に著しい問題があった場合、その弟が二十歳になっていれば、繰り上げて候補にできる特例があった。

つまり万が一の場合に備えて、神子ではなく、なおかつ教祖選の際に二十歳以上になる弟が最低一人はいた方がよいとされる向きがある。

こういった考えがあるため、西王子家では、学園にいる次男を神子にすることに他の家ほど躍起になってはいなかった。

本家から神子を出したい願望はあるものの、常盤に続く男子が一人しかいないうえに、次男の剣蘭は三年後に予定されている教祖選の際には二十歳を過ぎるため、剣蘭が神子になれなくても、それはそれで保険ができたという前向きな考え方ができるからだ。

しかし南条家の場合は、榊が脱落しても楓雅が控えている。

学園のキングと呼ばれる楓雅は、教祖候補としての資質を十分備えており、三男の薔が繰り上がる可能性は非常に低かった。薔が神子になると不都合があるとは考えにくい。むしろ今の状態で薔が神子になれば、南条家は完璧《かんぺき》だ。

次期教祖候補の中で最も有利な最年長の嫡男と、保険として使える傑物の次男、神子の三男が揃《そろ》うことになり、これ以上ない最高の布陣が出来上がる。実際に薔は神子になっているため、もしも発覚すれば教祖も南条家も狂喜乱舞するだろう。

──榊が俺に、薔を神子にしないでくれと頼んでくる理由がない。本当にただ単純に、弟が可愛いから守りたいというだけなのか？

常盤は、榊という男の本性がわからなくなる。

自分に好意を寄せながらも一段高い立場は譲らず、肝心な部分では強い自制心と確たる目標を持っている男だと思っていた。弟への愛情に流されて、南条家が不利になるような願いを、わざわざしてくるのはあまりにも予想外だ。

──薔を神子にしないためなら協力は惜しまないと言っていた。これが罠《わな》でなければ心強いことは確かだが、これまで以上にわからなくなった相手を信用するのは難しい。

考え込んでいると再び携帯電話が振動し、今度は於呂島の名が表示される。

結果はすでにわかっていたが、常盤は頭を切り替えて応対した。

8

九月十四日、午後——授業を終えて東方エリアに戻った薔《しょう》は、剣蘭《けんらん》と共に竜虎《りゅうこ》隊詰所に向かった。教室の前まで迎えにきた若い隊員から、「贔屓《ひいき》生一組は、宿舎に帰る前に詰所に寄るように」と言い渡されたからだ。

何故《なぜ》一組だけが呼びだされるのか、そして何故白菊《しらぎく》は再び入院してしまったのか、茜《あかね》を始めとする他の贔屓生が訊《き》きたそうにしていたが、誰も発言しなかった。

贔屓生同士でも儀式に関することを話し合ってはいけない決まりがあり、それは今でも概《おおむ》ね守られている。仲のよい者同士が人のいない場でこっそり話すことはあるとしても、竜虎隊員や複数の贔屓生がいる場では誰もが規則を守っていた。

——贔屓生一組だけが呼びだされるってことは、十日の夜に龍神が降りなかった理由が判明したってことだ。たぶん、その報告のために俺達は呼ばれてる。

竜虎隊詰所の応接室に通された薔は、剣蘭と並んでソファーに座った。

案内を終えた隊員が出ていくと、薔は剣蘭と顔を見合わせる。

例の件だよなと、言葉に出して確認し合うことはなかったが、お互いの緊張が伝わり、同じことを考えているのがわかった。

「なんとなくだけど、悪い予感はしないな」

剣蘭が話の口火を切ったので、薔は「ああ」と言いかけたが、それを引っ込める。

単純に同調するのではなく、自分の中にある予感について考えてみると、沈黙しか返せなかった。何故だか、よい予感と悪い予感が混ざり、頭の中がもやもやしていたせいだ。

よい結果ばかり想像して最悪の事態に心が折れないよう、脳がイメージトレーニングを促している可能性もある。どちらかと言えば、悪い予感が台頭していた。

「――待たせたな」

そう言いながら、竜虎隊隊長の常盤《ときわ》が現れる。実際には大して待たされなかった。

交通事故から三週間近く経過したこともあり、今は怪我人《けがにん》であることを主張するような歩き方はしていない。以前の彼と変わらず、胸を張って堂々と闊歩《かっぽ》していた。

薔と剣蘭の目の前のソファーに座った常盤は、二人の顔を順番に見る。

常盤と目を合わせるなり、薔は自分の予感が外れたと確信した。

どうやら、悪い予感は自己防衛本能によるものだったらしい。

「十日に行われた降龍の儀で、贔屓生一組の誰かが神子《みこ》になったのではないかと疑われた件だが、入院中の白菊を含む全員の疑いが晴れ、肉体審問は行われないことになった」

常盤の言葉と、滲《にじ》みでる喜びの感情に触れて、薔は顔を綻《ほころ》ばせる。

横を向かなくても、隣にいる剣蘭の安堵《あんど》が感じ取れた。

「まだ公表されていない話だが、神子の銀了《ぎんりょう》様の御褥《おしとね》すべりが決定し、十日の夜に龍神が降りてこなかった原因は銀了様にあったと判断された。これで無罪放免だ」

　この場には薔と剣蘭しかいないため、常盤は竜虎隊隊長としての顔ではなく、素に近い顔をしている。それに釣られる形で薔と剣蘭も肩の力を抜き、共に笑い合った。

「常盤様、早速教えていただきありがとうございます。本当によかったと思っています。俺も薔も白菊も、これでやっと安眠できます」

「そうだな、白菊にも早く知らせないと」

　歓喜のあまり目を潤ませる剣蘭の隣で、薔は入院中の白菊が喜ぶ顔を想像する。

　誰のためにもよかったと、改めて思った。これで不当に傷つけられることはない。辱めを受けることもなければ、秘密が露呈することもないのだ。

　もしも肉体審問が実施されたら、剣蘭と白菊は巻き込まれて酷《ひど》い目に遭い、薔は神子であることを隠せなくなっていただろう。

「白菊には柏木《かしわぎ》から伝えるよう言ってある。お前達よりも先に知っているはずだ」

「そうだったんですか、白菊に先を越されましたね」

　剣蘭は柏木の名が出ても特別な反応は示さず、心の底から喜んでいた。

　さらに続けられる常盤と剣蘭のやり取りを横目で見ながら、薔はひとまず安心していたものの、胸に引っかかりを覚える。奇妙な話だが、悪い予感が未《いま》だに残っていた。

——なんだろう……ここ数日、あれこれ考え過ぎたせいか？　もし肉体審問になったら俺は陰神子だってバレて最悪だし、剣蘭は初めて男に抱かれる破目になるし、熱を出して入院してる白菊も容赦なく引っ張りだされて、柏木さん以外の男に抱かれることになる。二人が酷い目に遭うのを避けるためには、俺が神子ですって言うしかなくて、けどそれを言ってしまったら常盤の長年の苦労は水の泡だし……俺だって常盤以外に抱かれるなんて絶対に御免だ。……だからやっぱり言えないとか、だったらどうしようとか、考え過ぎて頭がパンク状態だった。

二人の会話が遠くから聞こえる感覚に陥りながら、薔は密《ひそ》かに深呼吸を繰り返す。

そうしていると突然、剣蘭に肩を叩《たた》かれた。

「じゃあ俺、先に帰ってるから」

剣蘭は常盤に何か言われたらしく、薔を応接室に残して帰ろうとする。

事前にどういうやり取りがあったのか思い返そうとした薔は、常盤の声で「薔に話しておきたいことがある。先に出てくれ」という言葉を聞いた気がした。

剣蘭が立ち上がる少し前の会話が、今になって響いてくる。

「——俺に話って？」

二人きりになるや否や、薔は新たな緊張に襲われた。

常盤の瞳《ひとみ》や表情は晴れやかに見えたが、それでも気が休まらない。

「お前に直接関係することではないが、伝えたいことがある」

　薔の肩が少し上がって強張《こわば》っていることに気づいたのか、常盤は肩に視線を向けながら「悪い話じゃない」と前置きした。

「実は先日、療養中の紫苑《しおん》様のところに昔の恋人を連れていった」

「――え？」

「俺は教祖から、紫苑様のお世話係を選ぶよう正式に任命されていた。一度は植物状態になった紫苑様の尋常ならざる回復力から見て、あの方は現役の神子である可能性が高い。そうなると月に一度は龍神を降ろす必要があるが、対外的にはすでに引退していることもあり、教団としては陰降ろしで済ませたいのが本音だ。そのために、お世話係は紫苑様と本気で通じ合い、陰降ろしを成立させられる男であることが条件になる」

「……それは、わかるけど……昔の恋人って、紫苑様を裏切った相手じゃないのか？」

　薔の問いに、常盤は笑みを失った顔で頷《うなず》く。

　以前常盤から聞いた限りでは、紫苑の恋人だった竜虎隊員は重刑に処されていた。

　紫苑は十八歳の時に贔屓生に選ばれたものの、同じ学年から銀了が早々に神子になり、その後は消化儀式を続けていたという。ところが十二回目の儀式でようやく好きな隊員と当たり、彼に抱かれた途端に龍神を降ろしてしまった。

　隊員の提案で陰神子として生きることを選んだ紫苑だったが、幸せは長く続かない。

銀了が降ろした御神託により陰神子だと発覚し、教団本部に送られたのだ。

紫苑が潔く罪を認めたのに対して、恋人だった隊員の男は紫苑に罪をなすりつけた。

「その通りだ。紫苑様の恋人だった桂樹《けいじゅ》は、記録によると『裏切れば天罰が下ると紫苑に脅され、仕方なく匿《かくま》った』と証言したとされている。だがその一方で、紫苑様への謝罪の手紙や、紫苑様の待遇改善を求める嘆願書を書き続けていたのも事実だ」

「じゃあ、紫苑様を裏切ったって話は嘘《うそ》だったのか?」

常盤が桂樹という隊員を紫苑に引き合わせたのなら、きっとそういうことなのだろう。

悪意のある第三者によって情報を操作されたか、何かの間違いで不幸が起きただけで、二人の間にあった愛は不動のものだったに違いない——そんな期待を籠《こ》めて訊いた薔に、常盤は重々しく首を横に振る。

「……違う、のか?」

「ああ、教団施設の地下牢《ろう》に幽閉されていた桂樹に直接会って聞いてきたが……紫苑様を裏切ったのは事実だと認めていた。まだ若かった桂樹は、教団本部に送られた元陰神子がどのような冷遇を受けるのかを、詳しく知らなかったそうだ。元陰神子とはいえ紫苑様は神子なのだから、罪を着せたからといってさほど大事にはならないと考え、恐怖のあまり保身に走ってしまった。無論許されることではないが、命の心配はない紫苑様の立場と、鞭打《むちう》ち刑が確実で、死に直面していた桂樹の立場では追い込まれ方が違う」

「そうか……自分が紫苑様を唆《そそのか》したなんて証言したら、鞭の回数が増えて、死ぬ危険性があったんだ。逆に紫苑様は、恋人がどんな証言をしても体罰を受けることはない」

「相手に対する誠意という点では最悪な選択をした桂樹は、紫苑様の心を酷く傷つけた。紫苑様は自殺を図り、そのせいでより厳しく監視されたうえに、銀了とのいざこざで冷遇される破目になったが……俺は、桂樹の選択を責められない」

常盤が何を言いたいのか、聞かなくてもわかる気がした。

恋人のために罪を一身に背負い、愛を貫くのは確かに美しいが、自分の命を守るための桂樹の選択を、徹底して責め抜けるほど立派な人間がどれだけいるだろうか。

彼が正直に罪を認めた結果、鞭で打たれる回数が増えて死んでいたら、紫苑は別の形で苦しみ、やはり命を絶とうとしたかもしれない。

「もしも俺が……平隊員だった桂樹の立場で、当時の紫苑様がお前だったらと考えた時、俺も、表向きはお前を裏切るかもしれないと思った」

「――表向き？」

「ああ、なんの力も持たない平隊員である以上、小狡《こずる》い手は一切使えないと考えた場合、まず優先すべきは二人で生き残ることだ。死んだらそれで終わりだが、生きてさえいれば巻き返しのチャンスはある。お前と再会してやり直すために、俺はプライドも誠意も全部捨てて、醜く生き抜く道を選ぶかもしれない」

「常盤……」

「或《ある》いは、お前を誰にも渡さないためにこの手で殺し、自分も死ぬ」

「──ッ」

「心配しなくていい。俺が俺じゃなかった場合の話だ」

そう語る常盤の目は本気だった。

常盤には西王子《さいおうじ》家の次期当主としての権力があり、竜虎隊隊長でもあり、力ない桂樹と同じ立場になることはない。

選択肢は一つや二つではなく、第三者の協力を得て、新しい道を拓《ひら》いて危機から逃れることもできるだろう。

再会を夢見て地獄の日々を生きるのか、死して穢《けが》れない愛を貫くのか──いくら桂樹の立場になって考えたところで仮定に過ぎないが、それでも嬉《うれ》しかった。

常盤がどちらの道を選ぼうと、そこには不変の愛がある。

「桂樹は死を恐れた自分を卑怯者《ひきょうもの》と罵《ののし》って、紫苑様に謝罪の手紙を書き続けた。紫苑様が自殺を図ったことを知り、冷遇されていることも知って……罪はすべて自分にあると認め、嘆願書を書くようになった。どれも教団本部に届けられることはなかったが、彼が紫苑様のことだけを真摯《しんし》に想《おも》っているのは確かだ。桂樹が綴《つづ》った手紙に目を通し、実際に会ってみて、紫苑様を本当に幸せにできるのは彼しかいないと思った」

「だから……その人を釈放して、お世話係に任命したってことだな？」

「ああ、紫苑様を不幸にすることを恐れている教祖は、難色を示さずに桂樹を釈放した。桂樹は北蔵《きたくら》一族の出身ということもあり、何かとうるさい北蔵家も沈黙している。桂樹は俺に対して、紫苑様を必ず幸せにすると……今度こそ命と人生のすべてを捧《ささ》げ、生涯愛し抜くと誓った」

常盤の話を聞きながら、薔は天を翔《かけ》る龍神の姿を思い起こす。

神に与えられた権力を持つ強者《きょうしゃ》として生まれた常盤は、罪を犯して悔やみ続ける弱者のために自分ができることを考えたのだ。

おそらく紫苑だけではなく、桂樹も救いたいと思ったに違いない。

そんな常盤の決断が間違いではないことを、薔は神に祈った。

「桂樹さんと会った紫苑様は、どうだったんだ？」

「桂樹は名前を変え、別人として紫苑様と再会した。元恋人としてではないが、穏やかでよく気がつく有能な世話係として紫苑様に気に入られたようで、睦《むつ》まじく過ごしている。紫苑様の記憶は十七歳のままで、感覚的に大きな年齢の隔《へだ》たりがある二人が今後どうなるかはわからないが、今はただ、上手《うま》くいくよう祈っている」

「俺も祈るよ。紫苑様がこのまま記憶を取り戻さなくても、取り戻しても、二人が失った時間をやり直して幸せになれるよう、神に祈る」

「それは心強いな。何しろお前の祈りは最強だ」

常盤の微笑《ほほえ》みを見て、薔もようやく笑うことができた。

先程から悪い話は一つも出ていない。

何故かずっと胸に引っかかり続けた嫌な予感は、杞憂《きゆう》だったのだろう。

「お茶も出していなかったな。何か持ってこさせよう」

大事な話が終わってもまだここにいていいのかと思うと、薔は舞い上がりかける自分を抑えるのが大変だった。

神子だという疑いが晴れ、三人揃《そろ》って肉体審問から逃れられたうえに、これまでずっと苦しんできた紫苑が、誰よりも彼を想う人と幸せになれるかもしれない。

「――?」

よいことばかりで怖いくらいだと思った刹那《せつな》、薔は迫りくる足音を聞く。

大柄な男を想像させる、重たげな音だった。やけに荒々しい音を立てている。

飲み物を頼むために部下を呼ぼうとした常盤は、立ち上がったまま動きを止めた。

「失礼致します。隊長……ッ、火急のお知らせがございます」

ノックの音が響くと同時に扉が開かれ、血相を変えた業平《なりひら》が姿を見せる。

部屋中の空気を一瞬にして入れ換えられたように、薔の気分は逆転した。

一度は振り払った嫌な予感が、何倍にも膨れ上がって戻ってくる。

「業平、何があった？」

常盤に問われた業平は、室内を歩きながら一刻も早く報告したい様子を見せた。

薔が特別な童子だということを彼はわかっていたが、自分が持ち込んだ情報を薔の耳に入れてよいものかどうか迷い、口を噤《つぐ》んでいるらしい。

「隊長、失礼致します」

結局彼は常盤の耳元に手と顔を寄せ、薔には聞こえない声量で囁《ささや》いた。

そんなことをされると一層落ち着かなくなる薔の目は、業平の報告に愕然《がくぜん》とする常盤の表情に釘《くぎ》づけになる。

徒事《ただごと》ではない何かが起きているのは間違いなかった。

「葵《あおい》が……学園に？」と問い返す常盤の声に、薔はびくりと身を震わせる。

常盤の声は誤って零《こぼ》れたわけではなく、不安がる薔に聞かせて、なおかつ業平に対して情報の公開範囲を知らせるものだと思われた。

「はいっ、葵様が、教祖様の正式な代理として来校されたそうです。すでにお車が正門を潜《くぐ》ったと知らせが入りました。直ちに西方エリアにお越しください」

業平の言葉に、薔はもちろん、常盤も驚きを隠せずにいた。

この王鱗《おうりん》学園は刑務所と同様に出入りの管理が厳しく、たとえ御三家の嫡男であっても正当な理由がなければ足を踏み入れることはできない。

教祖の嫡男の榊《さかき》ですら、教祖代理として西王子家の嫡男を見舞う名目を得て、短時間の来校を許された程度だった。

再び榊が訪れるならまだわかるが、北蔵家の葵が教祖の代理というのは、彼らの立場や関係性をよく知らない薔には解《げ》せない話に感じられる。

「榊さんではなく、本当に葵なのか？　来校の目的は？」

「西方エリアの隊員から、北蔵家の葵様だと伺っております。葵様は隊長に話があると仰《おっしゃ》っているそうで、来校の理由は隊員達にはわからないそうです」

「そうか、すぐに行くが、一旦《いったん》外してくれ」

「は、はい」

常盤は慌てて支度をするような真似《まね》はせずに、業平を下がらせた。

重厚な扉が開閉される音を聞きながら、薔は両の拳《こぶし》を握って居竦《いすく》まる。

せっかくよいことが続いたのに、それを根底から引っ繰り返されるのが怖かった。

いったい何度こうして怯《おび》えたら、完全なゴールが見えてくるのだろう。

常盤と過ごす時間は緩やかに流れてほしいといつも願い、時間よ止まれと祈ることさえあるけれど、贔屓生の期間は瞬く間に終わればいいと思った。

薔にとっての最後の降龍の儀——三月十日の夜が無事に過ぎれば、とりあえずゴールが見える。

そうして大学に上がることで、神子として期待される状態から脱けだせるだろう。龍神に飽きられるまで油断はできないものの、贔屓生に比べたらだいぶ楽になる。早く、一日も早くゴールを迎えたい。びくびくせずに生きていきたい。

「急がなくて、いいのか？」

「急いだら足元を見られるだろう？」

「そうか……そうだな」

「大丈夫だ。何事もないよう祈っていてくれ」

隣に座った常盤が、拳に触れてきた。

緊張を解きほぐすように、丁寧《ていねい》に指を開かれる。

間に常盤の指が深々と入り込んできて、以前教わった恋人繋《つな》ぎになる。

いつでもこんなふうに、手を繋ぎたい時に繋げる生活がしたい。

話したい時に話して、体温を感じたい時に感じて……一緒にいることが当たり前だった時代の続きがしたい。

「北蔵家の葵さんて……常盤が気に入るものを根こそぎ奪い取るか、いびり尽くさないと気が済まないんだろ？　秘密を知られたらとんでもないことになるんだよな？」

薔は、自分が常盤に育てられたことや、現在は恋人であること、そして陰神子だという秘密の重みを痛感した。

どれか一つでも知られたら、葵の標的にされかねない。

そのうえでもしも葵が教祖になったら、最悪の事態になってしまう。

大学を卒業しても、一緒に暮らすどころか引き裂かれるかもしれない。

結局のところ自分は神子なのだから、強引な方法で調べられたら終わりだ。

その時は常盤の力も及ばず、桂樹と紫苑のように別れ別れになって、龍神の愛が消える日まで耐え忍ぶしかなくなる。

「葵のこと、あまり詳しく話さなければよかったな。お前を不安にさせるだけだった」

「いや、それは嫌だ。不安になったとしても、本当のことを知っておきたい」

お前に心配をかけたくないと言いたげな常盤と顔を見合わせた薔は、彼にとって自分がいつまで経《た》っても庇護《ひご》対象であることを知る。

いまさらな話ではあったが、やはり以前と変わらない。

弟ではなく恋人になったところで、守りたい気持ちに変わりはないのだ。

そして薔もまた、常盤の心身を守りたいと思っている。相手に心配をかけたり、不安にさせたりしたくない常盤の気持ちが、今の薔にはよくわかった。

守りたいと思われる立場を、恥じる必要はない。

庇護欲は、年齢も性別も持ち得る力も関係なく、ただ相手のことを大切に思う気持ちの表れであって、向けても向けられても尊いものだ。

「常盤から見たら頼りないのはわかってるけど、今の俺は、学園に来る前の俺とは違う。何もわからない子供じゃないから、誰が敵か味方か知っておきたいし、もし困ったことが起きたら相談してほしい」

手を握り、目を見つめて訴えた薔に、常盤は少し驚いた顔をする。

感心しているとも取れる表情だったため、まともに見ているとくすぐったさを感じた。

成長したと、思ってほしい。意外と頼りになると感じてほしい。

実際には龍神に祈ることと、話を聞くことくらいしかできないかもしれないが、ほんの少しでも役に立ちたい。

「——行ってくる」

深く頷いてから告げた常盤に抱き寄せられ、薔は彼の背に手を回す。

これから何が起きるのか予想がつかなかったが、何があっても常盤が常盤らしく背筋を正していられるよう、力を送り込むつもりで抱き締めた。

9

常盤《ときわ》が竜虎《りゅうこ》隊の隊長服に隊帽という姿で西方エリアに到着したのは、葵《あおい》の来校の連絡を受けてから約四十分後だった。

まだ馬には乗れない常盤は、だからといって地下鉄を使う気にはなれず、業平《なりひら》に馬車を用意させて西方エリアに向かった。そのせいで余計に時間がかかっている。

名前の通り広大な学園の西にある西方エリアには、正門と駐車場、病院と教職員宿舎があり、最も力を持っているのは正門に位置する管理部だ。

竜虎隊が学園管理部隊であるのに対して、西方エリアの管理部は教団本部直轄《ちょっかつ》組織にあたり、学園内にあるとはいえ本部から出向しているも同然だった。

正門の外にある駐車場から直結し、エリア内の駐車場に入ることを許された特別車両を調べると共に、来校するすべての人間にボディチェックを行うのも管理部の役目になっている。金属探知機やX線検査機を導入して、国際線の入出国審査以上に厳しく所持品を調べるのが常だった。

一連の検査に於《お》いては絶対的権限を与えられているため、学園で働く常盤はもちろん、教祖代理として来校した榊《さかき》や葵であっても、彼らを拒むことはできない。

ボディチェックを受けずに済むのは、教祖本人と神子《みこ》くらいのものだった。

管理部内のＶＩＰルームに通された常盤は、業平と別れて室内に足を踏み入れた。

「遅かったな、常盤」

円卓に着く葵の前に進みでると、「とりあえず座れよ」と促される。

待たされて苛立《いらだ》っているかと思いきや、意外にも上機嫌だ。

相変わらず派手な男で、ダークスーツに鮮やかな色のネクタイを合わせている。

長い髪を揺らして顔を斜めに向けると、常盤の恰好《かっこう》を上から下までじっくり眺めた。

「お前の隊服姿は初めて見たけど、つくづく凄《すご》い恰好だな。滑稽《こっけい》だったら笑ってやろうと思ったのに、似合い過ぎて笑えない」

「着たいなら入隊すればいい。班長のポストなら空いてるぞ」

「そういう減らず口が叩《たた》けるのも今日までだな」

続けて「早く座れ」と言われ、常盤は椅子《いす》に目を向けるものの、座らなかった。

室内には侍従が二人いて、どちらも少し離れたソファーに腰かけている。

彼らに一礼した常盤は、そのあとで葵の正面の席に着いた。

「俺が教祖代理で来てるのを忘れてないか？　真っ先に俺に礼を尽くすべきだろ」

そう言って常盤を窘《たしな》める葵だったが、怒りの感情は見られなかった。

あくまでも上から目線で、余裕がある。

元より常盤に高慢な態度を取りたがる葵が、自尊心を高めるのも無理からぬ話だった。

教祖代理を、位の高い正侍従や教祖の嫡男の榊が務めるならともかく、葵が務めるのは異例中の異例と言える。つまり特別な事情があるということだ。

常盤が紫苑《しおん》の件を教祖から一任されたように、葵には教祖から何かを任せられる理由があり、それは常盤にとって不利な話に違いなかった。

現状、常盤が確信できるのはそれだけだ。

「学園まで御足労いただくとは、いったいどのような御用件でしょう。教祖代理の葵様」

わざと敬称をつけた常盤だったが、葵にはそれすら心地《ここち》好く聞こえたらしい。

口角を上げながらティーカップを口に寄せ、勿体《もったい》つけて間を取った。

「銀了《ぎんりょう》様の引退が決まったのは聞いてるだろ? 神子の疑いがある贔屓《ひいき》生一組に対する、肉体審問は中止になった。その連絡は正式に受けたよな?」

「それがどうかしたのか?」

「確かに疑いの半分は晴れたけど、今の状況じゃ、九月十日の夜に龍神《りゅうじん》を降ろした者がいないとは言いきれない。何しろ、贔屓生一組は龍神好みの美童ばかりだからな。写真を見て驚いたよ」

「贔屓生の写真を、見たのか?」

「そう、特別に見せてもらった」

信じ難《がた》い言葉に耳を疑った常盤は、葵の答えを聞くなり不快感を露《あらわ》にする。

本来なら、葵は竜生童子の写真を見られる立場ではない。

明らかな越権行為だった。

「教祖様から贔屓生の出自まで聞いたわけじゃないけど、今年の高三に南条《なんじょう》家の三男と西王子《さいおうじ》家の次男がいることは元々知ってる。贔屓生一組の三人のうち、二人の出自はすぐわかったよ。まずは剣蘭《けんらん》、あの子がお前の弟なのは誰が見ても明らかだ。教団一の美男と謳《うた》われるお前によく似てるんだから、体格がよくたって神子になれる可能性はある。もう一人は薔《しょう》。写真でもわかるほどの気品と際立った美貌《びぼう》の持ち主で、周囲に埋もれない華がある。可愛《かわい》いらしく清潔感のある美少年なのに、どことなく色っぽい。あの子は如何《いか》にも龍神が好みそうなタイプだ。教祖様が期待を寄せていることから考えても、薔が南条家の三男に間違いない。そうだろ？」

葵の読みは当たっていたが、常盤は何も言わず、それが肯定と捉《とら》えられても構わないと思っていた。

葵は写真を見て推測したと主張しているが、実際には教祖から二人の出自を聞いているとも考えられる。

「もう一人の白菊《しらぎく》の出自は不明だけど、あの子も十分な美少年だ。三人揃《そろ》って魅力的で、タイプは違ってもそれぞれ優れてる。同じ学年から杏樹《あんじゅ》様が選ばれてはいるけど、あれは四月のことで、そろそろ二人目が選ばれてもおかしくない頃だ。九月十日の儀式の際に、三人のうちの誰かが龍神を降ろし、銀了様の引退を隠《かく》れ蓑《みの》にしてるのかもしれない」

「龍神がお選びになるのは、一年に一人だけだ。二人選ばれることは栄えあることだが、当たり前のように言われては困る」

「早い段階で一人目が選ばれた場合、同じ学年からもう一人選ばれる可能性は高くなる。今年度は奇跡の三人目だって出そうなくらいハイレベルな学年だ。ところが何故《なぜ》か一向に二人目は選ばれない。どうしてなんだろうって考えた時……俺の頭にも教祖様の頭にも、お前の顔が浮かんでくる」

核心に迫ろうとする葵は、またしても勿体つけて紅茶を口にする。

その様に苛立つ常盤は、自分が苛立っていることを認識して気を落ち着けた。

葵に隙《すき》を与えてはいけない。

葵は見た目こそ派手だが、実のところ相当な努力家で頭がよく、洞察力も行動力もある男だ。この瞬間の些細《ささい》な動揺によって未来が崩れかねないことを肝に銘じて、くれぐれも慎重に対応しなければならない。

「神聖な儀式だって理由で、学園での降龍の儀は秘密裏に行われて、竜虎隊隊長にすべて一任されてる。お前の立場ならズルをするのは簡単だ。もし俺がお前だったら……自分によく似た弟が格下の男に掘られる姿は絶対に想像したくない。体格からして剣蘭が神子に選ばれる望みは薄めだし、だからこそ余計にズルして貞操を守りたくなる気持ちはわからなくもない。西王子家としては……剣蘭が神子にならなければ、お前に何かあった場合の保険にできるし、元より西王子家は神子を多く輩出してきた実績があるからな。今の代で本家から神子を出せなくても大したダメージは受けない。何しろ現役神子に西王子一族の出身者が三人もいるくらいだし、そういう意味では余裕だろ？」

剣蘭に対する自分の気持ちと、西王子家の考え、そして現実に行われている不正行為を言い当てられた常盤は、心外だと言わんばかりの表情をあえて作りだす。

「俺は、自分に何かあった場合のことなんか一度だって考えたことはない。龍神の逆鱗《げきりん》に二度も触れながら、結局は何事もなかったように生きていられる強運の持ち土だからな。剣蘭を自分の弟だとは思っているが、特別扱いする気もなければ、俺じゃない誰かが男に掘られようがなんとも思わない。万が一の保険になる弟より、神子になれる弟が欲しい。御三家の嫡男として当たり前の望みを持っている」

「そういうことにしたいなら、剣蘭のことはまあいいとして……問題は薔の方だ。お前は薔が南条家の三男だと察して、薔が神子にならないよう手を回してるんじゃないかと……俺は疑っているし、教祖様も疑ってる。南条家には嫡男の榊さんと、優秀だって噂《うわさ》の大学生の次男がいて、これで三男坊が神子になれば完璧《かんぺき》だ。神に祝福された一族として堂々と誇れるようになる。お前はそれを阻止したかったんじゃないか？」

常盤は葵の言葉を聞きながら、彼が持っている情報と本心を読み取ろうとする。

発言からして、葵は赤ん坊のすり替えのことまでは教祖から聞いていない。

薔が常盤に育てられたことを知らないからこそ、常盤が薔を神子にさせたくない理由を誤って決めつけている。

鬼の首を取ったような表情から察するに、知らない振りをしたうえでの演技だとは思えなかった。

「以前、教祖様は杏樹様に命じて薔の体を検《あらた》めさせたことがあった。俺が不正をして薔を儀式から遠ざけ、神子にならないよう画策していると疑った教祖様は、無理を通してでも薔の体を調べたかったんだ。その結果、薔は男を知っている体だと認められた。南条家の三男が神子になろうがなるまいが、次期教祖選で俺が著しく不利なことに変わりはなく、危険を冒してまで薔が神子にならないよう働きかける理由が俺にはない。そもそも、神子誕生を阻止することは龍神の逆鱗に触れることだ。もしもそんなことをしていたら、俺は今頃墓の中にいる」

実に心外だと言いたげに葵を睨《にら》み据えた常盤だったが、これですべてが引っ繰り返ると思っているわけではなかった。

葵が教祖代理として学園に来た以上、ただ単に疑いをかけて、否定してという、無益な押し問答を繰り返して終わるとは思えない。

かつて杏樹が持ち込んだ薔の身体検査のように、何を言っても逃れられない何かを切りだされそうで、生きた心地がしなかった。

常盤がどんなに上手《うま》く演じて素知らぬ振りをしようと、強気な態度を取ろうと、実際に薔が陰神子である以上、疑いをかけられるのも調べられるのも恐怖でしかない。

「疑いが晴れてないとはいえ、贔屓生相手に肉体審問は確かにやり過ぎってものだ。教祖様は何がなんでも南条本家から神子を出したいみたいだけど、学園で行われる降龍の儀は竜虎隊に一任されてるわけだし……あまり無茶をすると更迭《こうてつ》騒ぎになりかねない。そんなわけで頭を悩ませていたところに、俺が折衷《せっちゅう》案を出して差し上げたってわけだ。贔屓生を傷つけることなく、お前の面子《メンツ》を潰《つぶ》さず、教祖様のお気持ちを晴らす方法を考えた」

「──折衷案？」

「そう。贔屓生一組の次回の降龍の儀を、予定通り十月十日に教団本部で行う。それも、公開方式で行って厳選した立会人を立てる──それが俺の考えた案だ。教祖様はこの案を甚《いた》く気に入って、こうして俺を教祖代理に任命したってわけ」

「馬鹿《ばか》な……ッ、そんな横暴な話があるか！　神子選出のための降龍の儀は、学園の降龍殿で行われ、主導権は竜虎隊隊長にある。お前の案は、結局のところ神の子たる贔屓生を蔑《ないがし》ろにし、竜虎隊の権限を無視したもので、肉体審問と変わらない。そもそも贔屓生を学園の外に出して教団本部に連れていくなど以《もっ》ての外《ほか》だ。無茶にも程がある！」

予想を超える提案に感情が昂《たかぶ》るのを抑えきれない常盤に対し、葵は涼しい顔で微笑すら浮かべる。

横暴が過ぎる提案を常盤が簡単に受け入れないことは葵も教祖も承知のうえで、次なる妥協案を出してくるのが手に取るようにわかった。

具体的に葵が何を言ってくるのか読めない中で、こちらの反応は先に読まれているのがなんとも腹立たしい。

「教祖様は、俺の案では常盤の面子を潰してしまうと心配しておられた。お前の立場や、贔屓生の負担を考えた結果……公開方式は採用しつつも、学園内で降龍の儀を行うことに決めたそうだ。十月十日、同じ時間に同じ部屋で、贔屓生三人が同時に降龍の儀に挑む。主導するのは通常通り、竜虎隊隊長のお前だ。竜虎隊員の中から三人の憑坐役《よりましやく》を選んで、一組の三人に宛《あて》がう。残桜の儀のマイナー版って感じで、立会人は教団御三家の当主じゃなく、次期当主の三人のみとする。つまり、榊さんと俺と、お前の三人だ」

「──ッ」

「贔屓生のプライバシーを守るために、同じ部屋とはいっても仕切りを立てる。贔屓生が互いの性行為を目にすることはない。お前は竜虎隊の人間なわけだし、部外者は榊さんと俺の二人のみで、場所は学園内、日程も予定通りとくれば、頑《かたく》なに断る理由はないよな？ここまで譲歩してもお拒むなら、お前と贔屓生一組に対する疑惑は、グレーから墨のような黒に変わる……って、教祖様は仰《おっしゃ》っていた。俺もまったく同じ考えだ。学園の降龍の儀が公正に行われているなら、疑いを晴らすための最適なチャンスだと思ってもいいくらいの好条件のはずだ。これで断るなら、お前は確実に黒だ」

疑いを晴らすための最適なチャンスと言われて、常盤は返す言葉を失う。

もしも何一つ後ろ暗いところがなければ、この提案は竜虎隊と贔屓生の潔白を証明するうえで最適に限りなく近いものだ。

竜虎隊隊長の権限を振り翳《ふかざ》して、徹底的に拒む選択肢がないわけではないが、ここまで譲歩されても拒み続けたら、疑いがより強まるのは明らかだった。

南条本家から神子を出したい教祖の必死さから察するに、ここで無実を証明しなければ次はさらに強引な手を使ってくるだろう。

贔屓生一組の降龍の儀のあとで、「若い神子を抱いたが龍神が降りなかった」と教祖に言われた場合――或《ある》いはもっと直截《ちょくせつ》に、「贔屓生一組の中に陰神子がいるという御神託が降りた」と言われた場合、それが事実ではなくとも肉体審問を強要される。

偽りのない事実を盾に迫られているうちに決着をつけるのが無難で、ここは受け入れるべきだと思った。

――この辺りで手を打つのが自然だが、薔を他《ほか》の男に抱かせるわけにはいかない。かといって立会人の一人とされる俺が抱くわけにもいかない。他の男に抱かせるくらいなら、俺が薔を性愛の対象にしていることを公にし、薔の憑坐に自分を指名した方がマシだが、そうしたからといって解決する問題でもない。

自分を除く立会人が榊と葵なら、榊をどうにか味方につけ、「薔は俺の恋人だ」と言って自分が憑坐を務めることも不可能ではないが、薔について不正を行ってきたことを、榊や葵、そして教祖にも知られることになる。

当然、竜虎隊隊長を罷免される覚悟を決めなければならない。

そこまで覚悟して無理を通し、薔を抱く権利を得られたとしても、今度は降龍の成立、不成立の問題が立ちはだかる。

常盤が薔を抱いても龍神が降りないようにするには、楓雅《ふうが》の協力が必要だった。

儀式が始まる前……日が暮れてすぐに楓雅が椿《つばき》を抱けば、龍神は楓雅に降りるだろう。そのあと常盤が薔を抱いた際に、なるべくおざなりに抱いて龍神を降ろさずに済めば、薔は神子ではないと証明できる。

しかし、龍神の薔に対する愛欲次第で陰降ろしが成立してしまう可能性はあり、常盤の目が紫色に変われば一巻の終わりだ。降龍の際の目の変化には、色だけではなく光を伴うため、事前に黒いコンタクトレンズを仕込むなどの小細工は通用しない。

そもそも、薔が陰神子だということを知ったうえで薔を守りたがっている楓雅の協力は得られるとしても、肝心の椿が承知するかどうかはわからない話だった。

常盤が薔との関係を公にした結果、竜虎隊隊長を罷免されるのも、これから先のことを考えると避けたい話で、自分が薔の相手をするのはどう考えても無理がある。

「そうそう、もし十月十日の公開儀式で龍神が降りなかった場合は、教団本部で教祖様が若い神子をお抱きになる予定だ。そこで難なく龍神が降り、御神託を得られて初めて……お前と贔屓生一組の疑いが晴れる」

葵の言葉で、事前に椿と楓雅に龍神を降ろさせるという手段を封じられた常盤は、薔を守る手立てを失う。まさに八方塞《はっぽうふさ》がりの状態だった。

そんな中でも唯一の逃げ道はあり――薔の疑いを晴らして、なおかつ公開儀式のあとで教祖が神子を抱いた際に、龍神も御神託も通常通り降りるように仕向ける魔法の如《ごと》き手があるにはあるが、それは常盤には選べない手段だ。

どんなに有効な手でも、薔が自分以外に抱かれるのは耐えられない。

「顔色が悪いな」

「――ッ」

「お前は子供の頃から、音楽でも武術でも類《たぐ》い稀《まれ》な才能を見せつけ、年下のくせに当たり前みたいな顔で勝ってきたし、勝ち負けにこだわる様子も見せなかった。けど、今は違う。いくら無表情を決め込んでも、引《ひ》いていく血の気までは制御できないものなんだな。頬《ほお》の色も唇の色もすっかり失《う》せて、来る日を恐れてるのが丸わかりだ」

勝ち誇る葵の表情を通じて、常盤は自分の顔を見た気がした。大袈裟《おおげさ》ではなく本当に、青白い顔をしているのかもしれない。しかし常盤を真に追い詰めているのは、葵でも教祖でもなく、常盤自身だ。

薔に対する絶対に譲れない独占欲があるせいで、客観的に考えれば有効な選択肢を自ら切り捨て、苦境に立たされている。

薔の貞操を守りたい気持ちと、薔が陰神子だということを隠し通すことは常盤にとって同じことだ。気持ちのうえでは、どちらが優先されるものでもなかった。

しかし公開儀式は一夜限りの話、神子になったら十年。

一夜だけ耐え抜けば、延々と続く苦しみから逃れられる。

いつまで続くかわからないが、しばらく楽になるのは確かだ。

「十月十日に、この学園で公開儀式を行う。次期教祖候補の榊さんと俺とお前の三人で、贔屓生一組が潔白かどうかを見届けるんだ」

葵は語調を強め、獲物を捕らえた蛇のような視線を送ってくる。

断る術《すべ》がないまま承知せざるを得なくなった常盤は、これを教祖からの最後通牒《つうちょう》として受け止めていた。

10

教祖と葵《あおい》に追い込まれた常盤《ときわ》は、過酷な肉体審問に代わる妥協案として突きつけられた公開儀式のことを薔《しょう》には話せず、悩みあぐねた末に薔に嘘《うそ》をついた。

できることなら嘘ではなく、しばらく沈黙する形で時間を置きたかったが、葵が学園に来たことで心配していた薔に、何も言わないわけにはいかなかった。

葵が来た日の夜に薔を詰所の応接室に呼びだし、「肉体審問が中止になったことを正式に知らせにきただけだった。人騒がせな話だ」と言うと、薔は素直に信じて、「なんだか悪い予感がしてたけど、よかった」と胸を撫《な》で下《お》ろして笑顔を見せた。

以前、薔が真剣な顔をして、「不安になったとしても、本当のことを知っておきたい」と言っていたことも、「困ったことが起きたら相談してほしい」と言っていたのも、常盤はよく憶《おぼ》えている。

今、自分達が直面している問題を隠さず打ち明け、共に解決策を考えることが、対等な恋人としてのあり方だとわかっていた。

秘密にした挙げ句に嘘をつくなど言語道断だが、それでも言えない。正しくなくても、不実でも、自分の心が定まらないうちは本当のことを話せなかった。

話した場合に薔がどう答えるか、常盤には先が読めているからだ。

薔のことだから、泣きも喚《わめ》きもせずに、常盤を苦境から救うためなら……と、とんでもないことを言いだすだろう。「十月十日に隊員に抱かれて、その時に初めて龍神《りゅうじん》を降ろしたことにして、教団本部の神子《みこ》になる」と言いだしたらと思うと、身の毛が弥立《よだ》つ。

薔には、常盤以外の男に抱かれたくないという気持ちが当然のようにあるが、それは、常盤が薔を他《ほか》の男に抱かせたくない執念と比べると、いささか脆《もろ》く思えた。

何があろうと、それだけは絶対に許せないと思う常盤に対し、薔は、それが二人のためなら耐えられると考えている節があり、常盤には、薔の自己犠牲的な選択が恐ろしい。

平常時はなんとしてでも貞操を守り、周囲を欺いて陰神子として生きていくと覚悟している薔だったが、いざという時は「俺が我慢すれば……」と身を投げだしそうで、その点に於《お》いて常盤は薔を全面的に信じることができなかった。

「常盤様……公開儀式の際は、白菊《しらぎく》に柏木《かしわぎ》様を宛《あて》がってもらえますか？」

葵が学園を去った二十四時間後——常盤は詰所の応接室で、剣蘭《けんらん》を前にしていた。

にもかかわらず薔の選択を想像していたため、問いかけられて我に返る。

公開儀式は薔にのみ与えられる試練ではなく、贔屓生《ひいきせい》一組全員が対象になっている。

教祖代理として学園に来た葵は、帰り際に「白菊が高熱を出した場合、点滴をしてでも参加させることになってる。例外はなしだ」と言い残した。

その発言を含めて公開儀式のことを常盤から伝えられた剣蘭は、すでに腹を決めた顔をしている。かなりの衝撃を受けているはずだが、自分のことよりも、体の弱い白菊の身が心配でならない様子だった。

「もちろん柏木を指名する。それに関しては心配しなくていい」

「よかったです。俺のことは、あまり気にしないでください。これまで自分だけ添い寝で済ませてもらっていたことに罪悪感がないわけじゃなかったし、贔屓生に選ばれた以上、そういう目に遭うのは仕方ないことだと思ってます」

「どうにかして中止させたいが、困難な状況ではある。いざという時のことを考えると、なるべく早い段階で話しておきたかった」

「はい……無理をして疑われるようなことは、避けた方がいいってことはわかりますし、俺のことは本当に大丈夫です。おかげさまで抱く側を先に経験できましたし、俺は特定の誰かを好きとかじゃないんで、そこまで深刻にならずに済みます」

剣蘭に気を遣《つか》われれば遣われるほど、常盤は追い込まれる。

葵は剣蘭にも神子としての可能性があるような発言をしていたが、葵も教祖も、本気でそう思っているわけではないだろう。贔屓生に選出された四月の時点よりさらに男らしくなった剣蘭に儀式を受けさせることは無意味だと、わかっているはずだ。

教祖が期待しているのは実子の薔であって、剣蘭や白菊は巻き込まれたに過ぎない。

そして葵は、南条家《なんじょう》の立場をさらに有利にさせてでも、常盤を貶《おとし》めたいと思っている。常盤が可愛《かわい》がる弟を性的に屈辱的な目に遭わせることで、憂さを晴らしたいのだ。

同時に、葵は本気で攻めてきていると思われた。

薔と常盤の真の関係を知らないながらに、剣蘭と薔に対する常盤の不正を暴くことで、常盤が教祖選で不利になるよう画策している。

或《ある》いは、常盤を教祖候補から脱落させるくらいの意気込みを持って動いている。

そう考えると一層——常盤の実弟だというだけで、薔のついでのように狙《ねら》われる剣蘭が不憫《ふびん》でならなかった。

「薔は、どうなるんですか？　大丈夫なんですか？」

「——ああ、大丈夫だ」

剣蘭は暗に、「薔は今年度二人目の神子なんですよね。公開儀式を受けさせたら大変なことになるから、なんとか手を打つんですよね？」と言いたいのか、それとも薔が神子であるという疑いは持っておらず、単に「常盤様の恋人だから当然守られますよね」と、確認したいだけなのか、俯《うつむ》き加減で問われた言葉からは真意が読み取れなかった。

紅茶を前にしても手をつけない剣蘭は、膝《ひざ》の間で手を組み合わせ、その手をじっと見るように固まっている。見ようによっては大きな衝撃に耐えているようにも見え、これまで剣蘭の身を守っていた常盤としては、直視するのがつらかった。

「俺の憑坐役《よりましやく》は、自分で選んでもいいですか？」

「ああ、もちろんだ」

「誰がいいとか、現時点で特に希望があるわけじゃなくて、全然わからないんですけど、何しろ抱かれる側は初めてなんで、立会人が見て違和感がないくらい上手《うま》いっていうか、優しい人がいいですよね。むしろ……公開儀式の前に一度そっちの経験をしておいた方がいいんでしょうか？」

　最後に顔を上げて訊《き》いてくる剣蘭の表情に、胸が張り裂けんばかりに痛くなる。

　主従関係に近い間柄の剣蘭を、薔のように抱き締めることはできなかったが、心だけは席を立ち、ローテーブルの向こう側にいる剣蘭の隣に移って肩を抱いていた。

　紅子《べにこ》と榊《さかき》が赤子をすり替えなかったら、十二歳の自分は、幼い剣蘭をこの腕に抱いたのだろうか。心奪われることはなくとも、きっと、守るべき存在だと思っただろう。

　紅子が剣蘭の命を狙うなら、どうにかして助けたいと思い、そのために動いたはずだ。

　剣蘭を守りきれずに不本意な目に遭わせる今の自分の罪と、不甲斐《ふがい》なさが憎かった。

　自分はこれから、どう動けばいいのか――可愛い弟達をどちらも完全に守るためには、人でなしになる覚悟が必要なのかもしれない。

　針の莚《むしろ》どころか、八方から迫りくる壁に押《お》し潰《つぶ》されそうで、選択肢の迷路の中を彷徨《さまよ》うことすら儘《まま》ならなかった。

「早まったことはせずに、少し時間をくれ」

「常盤様……」

無責任な発言で希望を与え、より深い絶望に落としたくはなかったが、そう言わずにはいられなかった。剣蘭が、公開儀式を恙《つつが》なくやり過ごすために練習と称して男に抱かれるような事態を想像すると、眩暈《めまい》すら覚える。

何もかも守るだけの力が、今の自分にはないことをわかっていた。

教団の頂点に君臨している教祖でさえ、我が子のことで思うようにならずに、手を替え品を替え、薔を神子にしようと必死になっている。つまりこういった苦痛は、今後自分がどんな立場になろうと完全に消えるものではないのかもしれない。

けれども今は、薔と共に生きるこの社会での頂点を目指すしかなかった。

どうあっても、次期教祖の椅子《いす》が欲しい。教祖にしかできないことがある以上、諦《あきら》めることは許されない。今の苦しみに負けて諦めたら、同じ苦痛が今後も延々と繰り返されることになる。

剣蘭だけではなく、薔にも真実を話すべきだと思いながらも話せずに学園をあとにした常盤は、深夜に自宅マンションに戻る。運転手をつけずに、自ら運転して帰った。

一度は瀕死《ひんし》の重体と報じられた身としては、人目を気にして慎重になる必要があるが、怪我人《けがにん》が運転していても不自然ではない車種を選択し、乗り降りの際はそれらしい動作を心掛けている。

両脚も左手もほぼ完治しているため面倒ではあるが、陰神子を抱いているせいで治りが異様に早いなどと、疑われるわけにはいかなかった。

「──ッ」

登録車種が近づいた場合にのみ開く駐車場の入り口に車を寄せた常盤は、徐行するなり人影に目を奪われる。

閉ざされたゲートの少し前に立っていたのは、見知った顔の男だった。

まさかと思ったが、どう見ても私服姿の竜虎《りゅうこ》隊員に間違いない。

細身の体と白い肌、柔和な表情、亜麻色の髪と瞳《ひとみ》が印象的な青年だ。

美形揃《ぞろ》いの竜虎隊の中では目立たない存在だったが、こうして外で見ると、なかなかの美男だと気づかされる。

──竜虎隊、一班の隊員……木蓮《もくれん》。確か南条一族の出身だ。

西王子《さいおうじ》一族や虎咆《こほう》会の人間しか住んでいないマンションの駐車場入り口に、南条一族の隊員が立っている理由がわからず、常盤は困惑する。

すぐに思い浮かんだのは、榊の顔だった。

十月十日に公開儀式が行われると聞いた榊が、その件で人を寄越したのだろうか。

木蓮は竜虎隊員なので、常盤に用事があれば詰所の執務室を訪ねることができる。

南条一族の出身だからといって、隊員が隊長に話しかけることに不自然さはないため、余程のことがなければこんな真似《まね》はしないはずだった。

「木蓮、ここで何をしている」

ゲートの手前で車を停《と》めた常盤は、運転席の窓を開けた。

今日は右ハンドルの車に乗っていたので、車体右手に立つ木蓮の顔は近い。

見た目だけなら、おそらく十人中十人が、温厚な人物だと判断しそうな顔を持つ彼は、常盤の問いに答えなかった。何も言わずに、ただ微笑《ほほえ》む。

竜虎隊員は、ほぼ例外なく……と言ってよいくらい、私服姿より隊服姿の方が見映えがよく見えるものだが、彼の場合は違っていた。質はよいが目立たないダークスーツに白いシャツという、シンプルな服装にもかかわらず、普段よりも魅力的に見える。

木蓮のことを、以前から整った顔の青年だと思い、優しげな雰囲気と誠実な仕事ぶりに好感を持っていた常盤だったが、これほど惹《ひ》きつけられた記憶はなかった。

「……木蓮？」

普段の彼と、服装以外に何が違うのか――気になり始めた常盤は、木蓮の目に違和感を覚える。近くで見ると、コンタクトレンズを入れているのがわかった。

木蓮と特別親しくないため、それが彼の通常仕様なのかどうかまでは知らなかったが、自分を見る彼の目に、人並みではない目力と、どことなく懐かしいものを感じる。

この目は、木蓮であって木蓮ではない、もっと身近な人間の目だ。

「私ですよ、わかりませんか？」

淡い色の唇が開き、声が聞こえた瞬間、常盤は耳を疑いながら凍りつく。

しっとりと耳に残る艶《つや》やかな美声は、木蓮のものではなかった。

目を見開いて顔を凝視しても信じ難《がた》いが、椿《つばき》の声だ。

「――姫？」

そんなわけはないと思いながらも、心のどこかで確信がある。

一度わかってしまうと、コンタクトレンズで色を変えられた眼の向こうに、吸い込まれそうな黒い虹彩が透けて見える気がした。

顔を合わせるのは二週間ぶりだが、以前と変わらず圧倒的な存在感がある。淫蕩《いんとう》な神に愛されているだけあって、その微笑は艶やかだ。

「榊様に命じられて来ました。お部屋に上がらせてくださいとは言いませんが、助手席にお邪魔してもよろしいですか？」

肩につきそうな長さの亜麻色の髪と、木蓮と同じ顔を持ちながらも声だけは変わらない椿に対し、常盤は沈黙を返す。

驚いて言葉が出ないのが本音だったが、それを悟られないよう、少し不機嫌な顔のまま助手席のロックを解除した。

椿は「ありがとうございます」と言うと、助手席側に回る。

ドアを開けて乗り込んできた途端、ふわりと花の香りがした。

椿が竜生名に因《ちな》んで纏《まと》っている椿の香りではなく、木蓮の花の香りだとわかる。

匂《にお》いまで変えて化けていることからして、常盤には、榊や椿の意図が推測できた。

これから何を言われるのかも予想がつく。

「新しいマンション、完成したんですね。とても素敵です」

中身のない褒め言葉に反応する気分にはなれず、常盤は黙って車を進めた。

椿が立っていた位置より少し進んだ地点で、登録車両であることが認識される。

ゲートが開き、さらに進むと住人の車が並ぶ駐車場が見えた。

通常なら車両ごと自室に上がるためのエレベーターに向かうが、椿を部屋に上げる気はないため、空いていた隅の駐車スペースに停める。

「ここでいいだろう。用件はなんだ？」

すでにゲートは閉じており、駐車場は静まり返っていた。

地下とはいえ明るさに不足はなく、車内でも椿の顔がよく見える。

「私が何故《なぜ》こんな姿で現れたのか、貴方《あなた》はもうわかっているんでしょうね」

「――さあ、見当もつかないな。一つ考えられるのは、学園内で新たな役職を得る前に、楓雅《ふうが》と逢《あ》い引《び》きするための変装といったところか。考えてみたら、もうすぐ満月だ」

「はぐらかしても無駄ですよ。公開儀式の話が出た時から、貴方は私に頼ることを考えていたはずです。素直に認めてしまえばいいのに」

くすっと笑った椿は、木蓮の顔をしながらも妖艶《ようえん》な色香を漂わせる。

確かに、薔を守るために変装した椿に頼る手段を考えなかったわけではないが、ほんの一瞬頭を掠《かす》めただけで、実行する気など微塵《みじん》もなかった。

常盤にとっては、思いついたことすら認めたくない話だ。

「公開儀式の際に、貴方は薔の憑坐役として木蓮を指名してください。私がこの姿で薔を抱きます」

「断る」

「神子が神子を抱いても龍神は降りませんから、立会人の葵様は、紫色に変わらない私の目を見て、薔が神子ではないと判断するでしょう。その報告を受けた教祖様は落胆し……少なくともしばらくはおとなしくなるかと思います。儀式のあとに教祖様が教団の神子を抱いた場合でも、御神託を得る形で龍神を降ろせますから、神子が誕生しなかったことを教祖様御自身に実感していただけますし、ありとあらゆる疑いを一気に晴らせます」

「他の男に薔を抱かせる気はない。相手がお前でも同じことだ」

「私と親交が深く、木蓮とも面識がある貴方でさえ見分けがつかないんですから、葵様に見破られる心配は皆無です。憑坐は全裸になる必要がありませんし……むしろ公開儀式で全裸になることの方が不自然なくらいなので、私の背中にある朧《おぼろ》彫《ぼ》りを立会人に見られる可能性はないに等しいですが、念のため背中もシリコンで覆う予定です。榊様は、薔を神子にしないために以前からシリコンアプライアンスマスクの開発に尽力して、薔が肉体審問を受けさせられる時に備えてきました。陰神子の私をあれほど欲しがったのは楓雅のためだけではなく、薔のためでもあるんです。その努力と執念を……貴方の気持ち一つで台無しにする気ですか？　貴方との未来を守るためなら、薔は私に抱かれることにだって耐えると思いますよ。駄々を捏《こ》ねて問題を大きくしているのは、貴方だけです」

他人に言われるまでもなく、常盤自身が一番よくわかっていることを容赦なく突かれ、何も言い返せなかった。

「それでも嫌なんだ！」としか言いようがない感情的な問題を、すでにわかりきっている椿にぶつけてもなんの意味もない。

公開儀式を難なくやり過ごす方法として——薔を教団の神子にしないことを最優先して考えれば、椿に薔を抱かせるのが最適なのは確かだった。

細身の椿と背格好が似た隊員の中で常盤が思うままに使えるのは橘嵩《きったか》だが、榊の協力が得られるなら木蓮でもいい。

常盤でさえ見分けがつかないのだから、薔や椿の幸運に頼らずとも、成功は間違いないだろう。薔は神子ではないと、教祖や葵に明確に示すことができる。

――薔に事情を話し、説得して、あまり男を感じさせない姫が相手なら仕方がないと、俺自身が割りきって薔を姫に抱かせ……龍神を降ろさない情交を葵に見せつける。剣蘭のことは諦め、剣蘭が選んだ隊員を憑坐に指名する。結果として贔屓生一組は全員ハズレで神子は誕生せず、俺の不正が暴かれることもない。本来は丁重に扱うべき贔屓生に無理を強いた教祖と葵は気まずい思いをし、今後は強く出られなくなる。

優先順位をつけて行動するなら、今何より重視すべきことは、薔が神子ではないと証明することだ。頭で考えれば選ぶべき道が見えているのに、常盤はそちらに進めない。

榊と椿の協力により完璧《かんぺき》な準備が整っているにもかかわらず、どうしても越えられない心の壁が立ちはだかっていた。

「榊に、自分が陰神子だということを話したのか？」

「はい。否定しても無意味なほど完全に疑われていましたし、南条家の人間になる以上、榊様を信じて認めるしかないと判断しました。もちろん、私の秘密を常盤様が知っていたことは認めていませんし、西王子家の人間として知り得た情報は何一つ洩《も》らしていませんから御心配なく」

「そんな心配はしていない」

「そうでしょうね、口止めもしないで私を榊様の許《もと》に行かせるくらいですし。私は随分と貴方に信用されているようで、おかげで裏切れなくなりました」

椿は冗談めいた言い方をしたあとで、「榊様のことも裏切れませんが」と、真剣な顔で切りだす。そう前置きしつつも、南条家側の話をしそうな目つきだった。

「榊様は、薔のことを穢《けが》れない身だと思っていらっしゃいます。神子の杏樹《あんじゅ》様が薔の体を検《あらた》めたことはご存じなのに、それでも薔に男性経験がないと頑《かたく》なに思い込んでいるのは、杏樹様が在学中から薔を慕っていたことを知っていたからだと思います。教祖様に対して嘘をついてでも、薔を庇《かば》っていると判断されたようです」

「榊は、俺が薔に手をつけたとはまったく思っていないのか？」

「はい。貴方にとって純粋に可愛い弟だと信じておられるので、薔が陰神子だとは夢にも思っていらっしゃいません。ただ、もしも薔が男に抱かれたら、高い確率で神子になってしまうのではと危惧《きぐ》していらっしゃいます。繰り返しになりますが、教祖様が薔に対して肉体審問を仕掛ける気があることを以前から察していた榊様は、いざという時に私を利用するつもりで精巧なシリコンアプライアンスマスクの開発を進めていたんです」

「榊は何故、薔を神子にしたくないんだ？　南条家としては、三男の薔が神子になれば、これ以上ないほど理想的な状態になるはずだ」

「――さあ、何故でしょうね」

椿は答えずに笑うと、意味深な視線を送ってくる。

貴方のスパイになる気はありませんよと言いたげな表情だったが、実際のところ常盤に情報を流している部分もある。話せることと話せないことを自分なりに選別して、問題のないことのみを口にしているようだった。

つまり、榊が薔を神子にしたくない理由は、可愛い弟の貞操を守りたい——といった、単純なものではないということだ。

「何もかも知っている貴方は、薔が陰神子だという事実を隠したい。何も知らない榊様は薔を神子にしたくない。認識にズレはあるものの結局のところ目的は同じで、公開儀式で私が薔を抱き、神子ではないことを証明すれば済む話です」

「——お前はそれでいいのか？　蘇芳《すほう》を始めとする多くの男に穢《けが》され、散々傷ついてきたはずだ。抱く側とはいえ榊に利用されることに、抵抗はないのか？」

常盤は椿に薔を抱かせる気にはなれなかったが、それとは別に、椿の意思を知りたいと思った。自分の手で幸せにしようと思ったこともあった椿が、南条家に渡って今どういう心境で暮らし、薔を抱くことで薔の身を守れと命じられたことを、どう捉《とら》えているのか、確認せずにはいられない。

「薔のために利用されるのも、相手が誰であれ性行為を強要されるのも、本当は不愉快なことだと思います。理性で考えれば耐え難い話ですが、心では受け入れています」

「何故だ？」

「それも秘密です。ただ、私は今回のことを納得したうえで引き受けたということだけ、御心に留めておいてください。貴方のためではなく南条家の人間として榊様に従い、薔が教団の神子にならないよう力を尽くします」

椿の口調も瞳も、常盤が承知するのを待っていた。

たった一つしかない選択肢を与えられた常盤が、「頼む」という一言を口にするに違いないと椿は考え、おそらく榊も、椿の背後でそう思っている。

「断る」

「……常盤様っ」

「理由はどうあれ、お前が薔を守るために腹を括《くく》ってくれたことに感謝する。だが、何を言われても譲れないものは譲れない」

「そうやって我《が》を張ってどうなさるおつもりですか？　仮に貴方が急病を装って立会人の役目から逃れ、榊様の協力を得て他の隊員になりすましたところで、貴方が薔を抱いたら降龍が成立してしまいます。事前に私が降ろすという手も封じられている以上、手立てはないんです。薔が教団の神子になってもいいんですか？」

「いいわけはないが、それでも断る」

「――ッ」

椿が今のように木蓮の姿をして、薔を抱く――薔に口づけ、奮い立つ性器を薔に向け、挿入して腰を動かし、最後は薔の体内に射精する。そんな様子を立会人として黙って見ていられる道理がなかった。今こうして薄《うっす》らと想像するだけでも、憤りのあまり全身の血が沸騰しそうだ。耐えられるわけがない。

「常盤様、本気で拒むつもりですか？　榊様の協力を得るのが嫌で、意固地になっているわけではないですよね？」

「榊が薔を神子にしたくない理由はわからないが、その件に関して榊が本気だと知って、安堵《あんど》しているくらいだ。受け入れ難い協力でなければ、頭を下げたって構わない。だが、俺以外の男が薔を抱くという事実が変わらない以上、この提案は受容できない」

他の手段を見つけられない中で、常盤は榊の提案を迷わず拒む。

主観を排除して考えれば、陰神子の椿に頼れる状況は非常に恵まれたものだ。

これほど条件が揃《そろ》っているにもかかわらず拒むのは、なんとも愚かな選択なのかもしれない。自分でも愚かだと思い、呆《あき》れる気持ちはあった。

それでも、耐えられないものは耐えられない。他の誰にも薔を触らせたくない独占欲が理性に勝り、すべてを薙《な》ぎ倒《たお》して己を支配するのだから、どうしようもない。

「貴方を誤解していたようです。もう少し、合理的に動ける人だと思っていました」

「失望させて申し訳ないが、榊には不発だったと伝えてくれ」

「──失望？」

首を傾《かし》げて訊き返した椿は、くすくすと笑いだして口元を押さえる。

素のままの指は紛れもなく椿の物で、爪《つめ》の先まで整えられていた。

木蓮の顔をしているからというわけではなく、常盤が知っている椿とは笑い方が違い、それでいて確かに椿の声と手を持っている。

「失望どころか、見直しましたよ。私への対応とは大違いなのは憎らしいですが、どんな事情があるにせよ、恋人を他人に抱かせるような男はクズだと思っているので」

常盤の顔を見ながら助手席のドアを開けた椿は、するりと軽やかに車外に出る。

ドアを閉める前に身を屈《かが》め、「このまま外に出られますか？」と訊いてきた。

飄々《ひょうひょう》としていて、わずか二週間離れていただけなのに変化を感じる。

「いや、独りでは出られない」

セキュリティ上の問題があるため、常盤は椿を玄関ホールまで送ることにした。

特に会話もなく、横並びになることもないまま椿の斜め後ろを歩いた常盤は、見慣れぬ後ろ姿を通して本来の彼の姿を思う。

交渉材料として椿を突き放しておいて、今、京都でどういう生活をしているのか、心は満たされているのかと訊ける立場ではなかったが、椿の肩の力が抜けたように見え、その姿に常盤もまた、少しだけ楽になれた気がした。

11

九月十九日、午後十一時半――今夜は満月で、そのうえ雲一つなく晴れ、贔屓《じいき》生宿舎の当直が業平《なりひら》だと知った薔《しょう》は、好条件をはずみにして茜《あかね》を外に誘いだした。

茜が薔に襲いかかった一件が、椿《つばき》の策略だと知ってから二週間以上も経《た》ち、薔は一日も早く茜に真実を打ち明けて、謝罪したいと思い続けていた。罪を許された形になっている茜の精神的負担を軽減し、未《いま》だ少し残っている溝をなくすためだ。

しかし、常盤《ときわ》と複雑な関係にあった椿が絡んでいるだけに、どう切りだすべきか迷い、そうこうしているうちに贔屓生一組が疑いをかけられ、肉体審問を受ける可能性が出てきたり、取りやめになったりと、一喜一憂する日々に流されて後回しになっていた。

――明日の今頃、茜は降龍《こうりゅう》殿の五階で竜虎《りゅうこ》隊員の誰かに抱かれる。俺が常盤と一緒に過ごしてきたあの部屋で、不本意なことをしなきゃならないんだ。そんなに気にしてない振りをしてるけど、神子《みこ》になることを望んでいない茜にとって、儀式は好ましいことじゃない。だから今夜、少しでも……。

茜の心の底に今も存在するであろう罪悪感を、今夜中に完全に取り除くと決めた薔は、業平に頼んで深夜の散歩に出かける。

気分転換の月見という、本来は理由にならない理由で特別に許可を得て、茜と共に森を歩いた。日中は真夏と変わらないほど気温が高かったにもかかわらず、日が落ちた途端に秋の様相に変わっている。

「満月、綺麗《きれい》だな……月が眩《まぶ》しいのに星まで綺麗って、凄《すご》い珍しいよな」

「九月にしては寒いからか？　どっちもこんなに綺麗に見えるのは不思議な気がする」

白いジャージ姿で馬車道を歩きながら、薔は空を見上げ、そのあとで宿舎を顧みる。

馬車道は十分な幅があり、中央を歩けば並木から離れているため、誰かに話を聞かれる心配はなかった。念には念を入れて人の気配を探り、より広い場所に辿《たど》り着《つ》いてから話を切りだすことにする。

「茜……終わったことを蒸し返すようで心苦しいけど、お前に、ちゃんと話しておきたいことがある。競闘披露会のあと、お前が懲罰房から戻ってきた日のことだ」

「――ッ」

二人の間で決着がついている話を蒸し返したことで、茜は驚き、目を大きく見開く。

これまでは金色の月の光を受けて輝いていたように見えた顔が、青白い月の光によって白っぽく変わったように見えた。空の月は、光も色も何も変わっていないのに、表情から受ける印象は正反対と言っていいほど違う。

「お前は何も悪くなかった。あれは全部、薬物のせいだったんだ」

茜を一瞬でも苦しませたくなかった薔は、速やかに核心に触れる。

茜は再び驚きを見せたが、先程とは違っていた。どん底に向かう表情ではなく、自分が救われる方向に話が進むことを願って、縋《すが》りつくような目をする。

「椿さんが作った和菓子の中に、媚《び》薬《やく》みたいな薬物が混ざってたんだ。口にしたら誰でも理性を失って、そういうことをせずにはいられないような強い薬で……だから、あの時のことは不可抗力で、お前は何も悪くなかった。流れ的に俺がお前を許したみたいな感じになってたけど、許すも何もなかったんだ。むしろ、お前を信じなかった俺が悪い」

「薔……」

「椿さんが、なんで薬物を混入させたのかは、複雑な事情があって、お前にも詳しく話せない。すっきりしなくて凄く不愉快だと思うけど、椿さんは、あの薬のことがきっかけになって竜虎隊を辞めさせられた」

薔は月明かりに照らされる茜の顔を真《ま》っ直《す》ぐに見据えてから、深々と頭を下げる。

茜の立場に立って考えれば、当人からの謝罪を受けられず、事情もよくわからないまま「失職したから許してあげてくれ」と言わんばかりの説明をされても、だからなんだという話だ。代わりに自分が頭を下げたところで、困らせるだけかもしれない。

「椿さんのこと、許してほしい。このことを、誰にも言わずに黙っていてほしい。事実を知ってから、二週間以上も話せなくて……本当にすまなかった」

「薔……っ、頭を上げてくれ、俺……なんか、実はちょっとわかってたし、椿さんが薬を混ぜたことも薄々気づいてたから……」

「――え？」

茜に肩を摑《つか》まれた薔は、耳を疑いながら顔を上げる。

茜は酷《ひど》く気まずそうに苦笑すると、薔の体を真っ直ぐに立て直した。

「だってほら、いくらなんでもあんなに急に箍《たが》が外れるわけないし、それに、料理上手で有名な椿さんが作った和菓子なのに、実は苦みがあっていまいち美味《おい》しくなかったんだ。それであとになって妙な薬が入ってたのかなとか思ったんだけど、証拠はないし……薬の影響があったとしても、俺がそういう願望を抱いてたのは事実で、友達の振りしながらも純粋じゃなかった。裏の顔があったんだ。それはやっぱり薔への裏切りだし……椿さんが薬を使ったのが事実でも、俺にも罪はある。本性を暴かれただけの話だから」

「それは違う！　あれはお前の本性じゃない！」

「うん、まあそうだけど……実行には至らないまでも、妄想として俺の中にあったものを増幅された結果があれだし、椿さんにも余程の事情があったんだと思う。俺、懲罰房から出る前の接見で、椿さんに色々と、あとから思い返せば調子に乗って失礼なことを言った自覚があるし、俺も悪かったんだ。もちろん薔が謝る必要なんてないし、俺としては……ああいう願望を抱いていたことを薔に許してもらえた今の形で、凄く満足してる」

くしゃりと笑った顔を照らす月の光が、再び黄金色に感じられた。

洗って乾かしただけの茜色の癖毛が、秋風にゆらゆらと揺れている。

風が吹くのを止められないように、薔は自分の中から溢《あふ》れる感情を止められなかった。

気を緩めたら涙になりそうな目元の熱を、どうやって冷ませばいいかわからない。

二週間以上も、自分の都合で秘めていた罪悪感から、一気に逃れられた解放感と、そう思ってしまうことへの新たな罪悪感。すべてを笑顔で許してくれる茜を好きでたまらない気持ちが綯《な》い交《ま》ぜになり、重くて重くて、立ち続けていられなかった。

「薔……！」

がくりと力を失った薔は、その場にしゃがみ込んで膝《ひざ》に顔を埋《うず》める。

泣くなと自分に命じるのが精いっぱいで、迂闊《うかつ》に顔を上げられない。

しばらくそうしていると、最初は心配そうにしていた茜に、「月見に来たんだろ。そんな下ばっか向いてちゃ勿体《もったい》ないって」と、明るい声で宥《なだ》められた。

泣いていると指摘されたわけでもないのに、薔は「俺、泣いてるわけじゃないから」と弁解の言葉を口にして、「泣いてるなんて誰も言ってないし」と笑い飛ばされる。

茜は対処に困っているようで、口調には少しぎごちなさがあった。それでも笑い口調で声をかけてくれる彼を、薔はとても大切に思う。恋とは違うけれど、これはこれで人生に不可欠な感情で、想《おも》いの存在を意識すると、それだけで胸が温かくなった。

「――お前のこと、信じなかった自分を殴りたい」

深呼吸を繰り返した薔は、辛《かろ》うじて涙を引っ込めることに成功する。

それでも顔は上げられず、立ち上がることもできないまま、自分の膝に向かって話していた。ひんやり冷たいジャージの裾《すそ》と、茜のスニーカーの先がちらちらと見える。

「今は信じてもらえてるわけだから、凄く嬉《うれ》しい。その信用は枷《かせ》でもあるけど、俺は俺を嫌いたくないから、自分を律して生きていく」

「茜……」

「気持ちを完全に消すのは、すぐには無理だけど……薬とか盛られない限りは安全だから大丈夫。それに薔の方が断然強いし、万が一また盛られた時は、ぶん殴って止めてくれ」

「ん……その時は、本気出す」

「怖いなぁ」と笑って言った茜の顔を、薔はようやく見ることができた。

濃紺の空に浮かぶ月や星と同じくらい、明るくて綺麗で、ずっと見ていたくなる。

親友と呼ぶには、薔は茜に秘密にしていることが多くて……茜が受けている苦痛から、自分は逃れているという負い目もある。だからとても烏滸《おこ》がましいけれど、彼を親友だと思いたかった。素晴らしい友に恵まれたことを、心から誇らしく思う。

「――ッ」

茜の笑顔に釘《くぎ》づけになっていた薔は、不意に人の気配を感じ取る。

ほぼ同時に枯れ枝を踏む音がして、茜も反応した。「誰か来たみたいだ」と振り返る。

今夜は本当に月光が眩しく、木々の隙間《すきま》までよく見えた。

すらりと細身の人物が、馬車道から少し外れた森の中を歩いている。

わざわざ歩きにくい所を選んで進むその人は、竜虎隊の隊服を着ていた。

視力のよい薔には、彼の隊服の袖章《そでしょう》が一本のみだとわかる。いわゆる平隊員だ。

「……あれって、木蓮《もくれん》さんだよな」

薔が青年の名を思いだしかけた矢先に、茜が彼の名を口にする。

木蓮は、肩につくかつかないかの長さの亜麻色の髪と、白い肌を持つ隊員だ。

反抗的だった頃に薔は何度か捕まったことがあるが、口頭で注意される程度で、木蓮の手で懲罰房に放り込まれたことは一度もなかった。物腰優しく、威圧感のない隊員として印象に残っている。

「夜の巡回か？　それなら馬を使うよな？」

薔は両膝に手を当てて立ち上がり、並木に隠れるように歩く木蓮の姿を目で追った。

月夜に、竜虎隊員が独り歩きをしていったいどこに向かうのか……気になっていると、こちらの視線に向こうも気づく。

「あ……気づかれちゃった」

茜がそう言った瞬間、薔は木蓮と自分の視線が完全に結ばれたことを実感した。

何故《なぜ》か、まるで一本の線でも引いたように通じ合うものがあり、彼が茜ではなく自分を見ているのがわかる。妙に心騒がせる雰囲気に呑《の》まれ、目を離せなくなった。

──なんだろう……この感じ、どこかで……。

木蓮という隊員は、以前からこんなに存在感があっただろうか。

それとも満月の力で今夜は特別際立って見えるだけで、太陽の下で見たら温和な印象に戻っているのだろうか。こんな夜更けに森にいる贔屓生を見ても、事情を訊《き》くこともなく窘《たしな》めることもなく、ただ視線だけを繋《つな》ぎ合《あ》わせて終わるのが奇妙でならなかった。

「──木蓮さんって、あんなに……艶《つや》っぽい人だったか？」

遂《つい》に視線が外れて彼の姿が闇《やみ》に消えた時、薔は隣にいた茜に問いかける。

茜は少し興奮気味に、「色っぽかったよな、なんかイメージ変わった！」と答えた。

今夜の木蓮が普段と違って見えたのは、やはり気のせいではないらしい。

「もしかしてもしかすると、これから恋人と会うのかな？」

「……恋人？」

「何しろこんなに月が綺麗な晩だし、逢《あ》い引《び》きするには最適だろ？　恋人を待たせてるから、俺達を見ても注意しなかったんじゃないかな？　それどころじゃないっていうか」

茜の推理を聞いているうちに、薔にはそれが真実のように思えてくる。

木蓮が漂わせていた空気は、どこか淫靡《いんび》で、甘やかな艶を帯びていた。

日付が変わった頃に贔屓生宿舎に戻った薔は、二階の廊下で茜と別れる。

三階の自室の扉を開けると、外から帰ってきた瞬間に感じる薔薇《ばら》の香りに包まれた。

常盤から贈られた薔薇で作ったポプリと、冴《さ》え冴《ざ》えと光る月——茜との間にあった心の淀《よど》みも概《おおむ》ね晴れて、世界が美しく感じられる夜だ。

いっそこの勢いのまま、贔屓生としての悩みがある振りをして、竜虎隊詰所に押しかけたいくらいだった。常盤を指名し、応接室の窓から二人で月を眺めたい。

許されるものなら、応接室ではなく常盤の部屋に行きたかった。

美しい満月に、より近づける場所で、体でも手でも、指先だけでもいいからしっかりと繋いで、同じ気持ちで過ごしたい。

「——？」

ジャージ姿のまま窓辺に立っていると、扉をノックする音が聞こえてきた。

常盤と会いたい触れたいと思っていただけに、もしやと期待してしまったが、さすがにそれはあり得ない。

ただし、聞こえてきたのは常盤と遠からぬ性質の声だった。

「薔、ちょっといいか？」と、剣蘭《けんらん》に声をかけられ、薔はすぐに扉に向かう。

規則ではドアチェーンを嵌《は》めた状態のまま扉を開けなければならないが、二階の三人に関しては誰も規則を守っていなかった。薔が知る限り、茜も守っていない。

「こんな時間にどうかしたのか？」

「たった今まで茜と外にいただろ」

「ああ、ちょっと月見に行ってた」

「俺も誘えよ」

薔と同じ恰好《かっこう》で部屋に入ってきた剣蘭は、後ろ手に扉を閉めた。

そのうえ勝手に施錠し、ドアチェーンを手にするなり少し迷って放置する。

常盤絡みで何か重要な話でもあるのかと思った薔は、剣蘭が緊張しているのを感じて、それが自分にも伝染《うつ》るのを実感した。

茜と散歩に出ている間に、剣蘭は常盤に会ったのだろうか。そして何か、とても重要な伝言でも頼まれたのだろうか。それにしては、月見に「俺も誘えよ」と言うのは不自然だが、いつになく落ち着かない様子なのは確かだった。

「何かあったのか？」

「お前に頼みたいことがあって」

湯上がりの匂《にお》いを漂わせる剣蘭は、何故かベッドに向かっていく。

天蓋《てんがい》付きベッドやアンティーク調の家具が配された室内に、重たい足音が響いた。

「頼みって?」

「俺なりに色々考えて結論を出した。今はまだ、常盤様には言えない話だ」

どうやら常盤からの伝言があるわけではなく、剣蘭の個人的な頼みのようだった。

常盤に言えないことなら無理だ、聞きたくない——と突っ撥《ぱ》ねたいところだが、実際にそうつれなくもできない。何しろ剣蘭は、命の恩人と言っても過言ではない相手だ。

「俺は、来月の十日に……初めて男に抱かれることになる。常盤様からすでに聞いてると思うけど、これまでは全部添い寝で済ませてもらってた。そういうズルをしてきたことに罪悪感がなかったわけじゃないし、この先に関して重く考えてるわけでもない」

「——来月の十日?」

十月十日に行われる降龍の儀で、剣蘭が何故男に抱かれなければならないのか、薔には理解できなかった。贔屓生《ぎんりょう》一組への疑惑が晴れず、その日に肉体審問が行われるならそういうことになるが、銀了の御褥《おしとね》すべりが確定したことで中止になったはずだ。

つまり十月十日は通常通りの儀式になり、剣蘭が男に抱かれる必要はない。

「常盤様は、相手を好きに選んでいいって言ってくれた。それからずっと……竜虎隊員の顔を思い浮かべたり、実際に見に行ったりもしたけど、しっくりこない。最初の相手だと思うと、やっぱり余計なことを考えるんだよな。二度目からはたぶん、あれこれ考えずにこなせる気がするんだけど、最初は……やっぱり少し特別だ」

剣蘭が何を言いたいのかわからずに困惑する薔だったが、十月十日の儀式から、剣蘭が竜虎隊員に抱かれることになったのは間違いないようだった。

以前から、常盤は贔屓生一組の薔の相手を自分一人に定め、剣蘭には西王子《さいおうじ》家の隊員を宛《あ》てて添い寝で済ませていた。さらに、白菊《しらぎく》には柏木《かしわぎ》以外を宛てていない。いくら西王子一族出身の隊員が多いとはいえ、それはかなり無理のある偽りだったはずだ。

──俺のせいか？　同時に三人も守るのは難しくなって、常盤と剣蘭の間で、そういう話になったのか？　来月から、剣蘭は茜達と同じように竜虎隊員に抱かれるのか？

薔は体の中心に鉛を押し込まれたような息苦しさを感じて、言葉に詰まる。

何を言えばいいのか、考えても考えても形にならなかった。「お前が嫌な思いをするなら俺も同じ目に遭う」とも、「俺が我慢するから、お前はこれまで通りにしてもらえ」とも言えない身で、中途半端に慰めることも励ますこともできない。

「抱くにしても抱かれるにしても、誰かと体を触り合って、繋げることなんだと思うと、誰が相手ならいいと思えるのか……そう考えてるうちに、気づいたらここに来てた」

「……え？」

「俺は、お前を抱くわけにはいかない立場だけど、それは絶対なんだけど……俺がお前に一度だけ抱かれるくらいなら……あとで常盤様に知られても……ギリギリなんとか許してもらえるんじゃないかって思った」

「剣蘭……待ってくれ、何を言ってるのかわからない」

「お前にとってもそう悪い話じゃないだろ？　このまま常盤様の恋人って立場でいたら、お前は男としての経験を一生できないかもしれない。俺の顔は嫌いじゃないはずだし……なんとかなるよな？」

「ちょっと待ってくれ、俺が……お前を抱くって話をしてるのか？」

「ああ、そういう話だ。俺が一度でもそっち側を経験しておけば、来月の公開儀式の時に初めてっぽい不自然さはなくなるし、常盤様の不正の疑いを晴らすことにも繋がる。何も俺だって好き好んでこんなこと頼んでるわけじゃない。抱く側に回れるなら当然そっちがいいけど……」

「——公開儀式？」

思い詰めた顔で語る剣蘭を前に、薔は一つの言葉に意識を摑まれる。

そのあとに語られた内容は頭に入らず、公開儀式という言葉から受けるイメージに脳の大半を占拠された。肉体審問と同じことに思えて、背筋がぞくりと寒くなる。

「公開儀式って、なんだ？　肉体審問は中止になったんじゃないのか？」

剣蘭以上に思い詰めた表情に変わった薔を見て、剣蘭も顔色を変えた。

薔が公開儀式のことを知らなかったとは思っていなかったらしく、瞳《ひとみ》を彷徨《さまよ》わせながら慌てて言い訳を考えているのがわかる。

「悪い……先走り過ぎた」

「説明してくれ！　公開儀式ってなんなんだ⁉」

「常盤様に一応口止めされてはいたんだけど、薔にもすぐ話すって言ってたから、俺……当然もう話したあとだと思い込んでた。お前が公開儀式のことを聞いてるかどうかを先に確認するべきだったのに、自分のことで……頭がいっぱいで……」

　明らかに青ざめながら額を押さえる剣蘭に、薔は摑みかかりたい衝動を抑える。

　一刻も早く説明してくれと要求したかったが、公開儀式と呼ばれる儀式の際に、剣蘭は望まない状況に陥ることが決まっているのだ。

　これまでとは違い、添い寝で済まずに本当に竜虎隊員に抱かれることになる。

　それについて悩んだ末に、体格の劣る自分に向かって、「抱いてくれ」と言わんばかりなことを頼んできた。剣蘭のことだから常盤の前ではなんでもないことのような振りをしていたのだろうが、実際にはどれだけ心乱れているかがわかる。

「中止になった肉体審問と、どう違うんだ？」

　薔は剣蘭の上腕をジャージの上から摑みつつも、あまり力を入れず、体を揺さぶらないよう気をつけながら問いかけた。触れた腕は水泳選手らしい逞《たくま》しさを持ち、立派な大人の男の体だったが、中身は自分と同じ十八歳だ。常盤から特別扱いされて守られていた立場から一転、急に男に抱かれる破目になり、動揺していないわけがない。

「公開儀式は、学園内でやるらしい。次の降龍の儀を、三人同時に同じ部屋で、仕切りで隔《へだ》ててやるって聞いてる。立会人が見届けて、龍神が降りた場合に……そのことを絶対に隠せない形で行われるんだ」

「立会人が、見届ける？」

「ああ、立会人は次期教祖候補が務める。常盤様と、南条《なんじょう》家と北蔵《きたくら》家の嫡男の三人だ」

薔の脳裏に、榊《さかき》と葵《あおい》の名が浮かび上がる。

榊に関しては、あの優しげな微笑まで浮かんできて、降龍の儀とは無縁に感じられた。

教団本部で行われるうえに大勢に見られる可能性がある肉体審問と比べたら、贔屓生に対する配慮があるのかもしれないが——しかし薔にとっては絶体絶命の危機だ。

常盤が立会人側に回る以上、剣蘭と同様に、他《ほか》の竜虎隊員に抱かれるしかない。

剣蘭の場合は一度きりの我慢で済むと思われるが、神子である薔が男に抱かれた場合、望むと望まざるとにかかわらず龍神を降ろしてしまう。十月十日に今年度二人目の神子が誕生したことになり、常盤と引き裂かれて教団本部に連れていかれる。

——陰神子じゃなく、杏樹《あんじゅ》と同じように祝福されて神子になったとしても、そのあとに待ち受けているのは約十年に亘《わた》る、男娼紛《だんしょうまが》いの日々だ。教団本部に閉じ込められ、月に三度くらいの割合で見ず知らずの男に抱かれる。失神して、御神託を降ろし、男の秘密を暴いて……そうやって、教団の駒《こま》として生きていかなきゃならない。

剣蘭の両腕を掴んでいたはずの薔は、いつの間にか彼の肘《ひじ》まで手を滑らせた。

さらに力が抜けていき、剣蘭の手首や手の甲に触れる。

その手は、血の気が失《う》せているかのように冷たかった。

現実を受け入れきれずに首を左右に振った薔に、剣蘭は「悪かった」と謝る。

剣蘭の唐突な言動を、責める気にはなれなかった。

常盤という庇護者《ひごしゃ》がいなければ、四月の時点で男に抱かれていた身とはいえ、これまで守られていた剣蘭の平穏は遂に壊されるのだ。

いくら自分に、「本来はこういうものなんだ、他の皆はこういう思いをしてきたんだ」と言い聞かせても揺れてしまう気持ちが、薔にはよくわかる。

「常盤の所に行ってくる。公開儀式のこと、詳しく聞きたい」

薔は剣蘭の冷たい手を離すと、視線を窓に向けた。

剣蘭が情報を洩《も》らしたことになるのはよくないと思ったが、どうしようかと考えている間に、「俺から聞いたってこと、話していいから」と言われる。

落ち込んでいるせいか、尊大なくらいのいつもの態度とは違い、体まで少し縮こまって見えた。幼い頃からライバル的な存在だった薔に、体格差も顧みずに抱かれるなどと言いだしたことからして、思った以上に参っているらしい。

「お前から聞いたってことは話すけど、お前に頼まれた件は話さないから」

「……馬鹿《ばか》な提案だった。忘れてくれ」

「ああ、忘れる。人間は、窮地に立つと普通じゃ考えられないようなことをするものだと思う。だからお前は悪くないし、どのみち俺には無理な話だから、頼まれたところで話が成り立たない。記憶しておく意味はないってことだ」

「そうだよな、やっぱり無理だよな」

抱かれる立場でも抱く立場でも、浮気には違いないし、そもそも常盤に似ている友人を抱けるわけがない――と胸の内で返した薔は、剣蘭の肘を引いて部屋を出る。

薔が鍵《かぎ》をかけている間も、剣蘭は魂が抜けたように佇《たたず》んでいた。

今となっては、来月の儀式で隊員に抱かれることよりも、薔に抱かれようなどと考えたことに沈み込み、自室に戻るのも儘《まま》ならない様子に見える。

「大丈夫。完全に忘れるから」

薔があえて明瞭《めいりょう》な声で告げると、剣蘭は瞼《まぶた》を落とした。

こくりと大きく頷《うなず》いてから踵《きびす》を返し、自分の部屋に向かう。

その背中を見送った薔は、今夜の剣蘭の言動を忘れるよう努めながらも、悩み苦しんだ剣蘭の想いを忘れてはいけないと思った。何ができるかわからないが、まずは常盤とよく話し合い、救えるものなら救いたい。

エピローグ

贔屓《ひいき》生宿舎の当直を務める業平《なりひら》に二度目の外出を頼み込んだ薔《しょう》は、一旦部屋に戻って制服に着替え、彼に付き添われて竜虎《りゅうこ》隊詰所に向かった。

日付はすでに九月二十日になっている。贔屓生二組の儀式の口だ。

業平は森を歩きながら、「薔様、常盤《ときわ》様は降龍《こうりゅう》の儀に備えて早くお休みだと思いますよ。祈禱《きとう》役を務める隊長は、明け方まで起きていないといけませんから」と言った。

薔が「俺に敬語使うのやめないと」と言うと、「そうだった」と自嘲《じちょう》して先を急ぐ。

彼は今でも常盤の側近だが、常盤の怪我《けが》が対外的にもほぼ完治したため、常に付き従うことはなくなり、贔屓生宿舎の当直や単身での見回りなどもこなしていた。

「応接室じゃなく、常盤の部屋に行ってもいいですか？」

詰所の前まで来た薔は、自分の希望が通ることを信じて業平に問う。

重厚なアイアンの門がギギィッと音を立てて開く様を見ながらも、その先にある洋館の三階を見据えた。気持ちはもう、廊下の最奥にある常盤の部屋に向かっている。

業平はしばし迷ったものの、「この時間なら大丈夫だ。案内しよう」と言った。

神子《みこ》としての運に頼りながら、薔は誰にも見咎《みとが》められないことを願う。

竜虎隊詰所は、大正時代に建てられた石造りの洋館を解体移動して、長い時間をかけて組み直した建造物だった。趣を残しつつも、現代的なシステムも取り入れている。大理石の列柱や床、金漆喰《きんしっくい》の天井や壁に至るまで、ありとあらゆる箇所に贅《ぜい》を尽くしてあった。さながら宮殿のように幅の広い階段を上がると、三階の廊下に出られる。

廊下の片側には窓が並び、窓と窓の間には、鈴蘭《すずらん》形のランプが配されていた。オレンジ色に近い、温《ぬく》もりのある光が等間隔で灯《とも》されている。

業平と共に足早に廊下を進んだ薔は、年季の入った黒檀《こくたん》の扉の前で足を止めた。

業平がノックをするものの返事はなく、彼はもう一度ノックしてから扉を少し開ける。室内に向けて、「隊長、お休みのところ失礼致します。業平です」と名乗った。

ようやく常盤の声が聞こえてくる。「入れ」と言われ、薔は業平の前に進みでた。

彼は薔が来たことを常盤に伝えてから通したい様子だったが、三階で暮らす他《ほか》の隊員がいつ部屋から出てくるかわからない状況ということもあり、すっと身を引く。

薔は常盤の部屋に足を踏み入れ、初めて来た時とは違う匂《にお》いを嗅《か》ぎ取《と》った。

以前、蜂蜜《はちみつ》とミルクの香りがしたのとは大違いに、今は酒と煙草《たばこ》の匂いがする。

しかし違和感は何もなかった。地位のある大人の男の部屋に相応《ふさわ》しい、重厚な雰囲気のファブリックやバーカウンターには、こちらの匂いの方が遥《はる》かに似合っている。

「――薔？」

隊服姿のまま、それも隊帽まで被《かぶ》った状態でソファーに腰かけていた常盤は、薔の顔を見るなり瞠目《どうもく》した。明らかに疑問符をつけ、現実かどうか疑っている表情だ。

常盤の前にあるローテーブルには重そうなボトルが二つと、グラスが一つ置いてある。ボトルのうち一つは空で、もう一つも半分近くまで減っていた。

「……本物、か？　今から、お前に会いに行こうと……」

常盤はおそらく酔っているのだと察した薔は、「本物だよ」と言いながら足を進める。

午前一時に迫る今、これから会いに行こうとしていたというのは本当だと思った。

竜虎隊隊長が贔屓生宿舎に来ることは、原則的にはあり得ない話だが、さすがにこんな時間に部屋の外に出る生徒はいないので、余程運が悪くなければ誰にも見られずに三階に上がることができるだろう。危険なことには違いないが、酔って判断力が低下したせいで実行しかけていたのかもしれない。或《ある》いは素面《しらふ》でもそうしようと決めて、それから飲んだ可能性もある。いずれにしても、飲まずにはいられない心境だったのだ。

「――公開儀式の件を、剣蘭《けんらん》から聞いたのか？」

「なんでわかるんだ？」

「責めたくても責められないって顔をしてる。それに、俺は剣蘭に口止めをしたものの、薔にもすぐに話すと言ったからな。実際には嘘《うそ》をついたまま……言いだせなかったが」

「うん……」

赤くはならずに青白くなっている常盤の顔は、隊帽のせいで影を帯びている。

身支度を整えながらも、なかなか部屋から出られなかった常盤の気持ちが、薔には痛いほどよくわかった。

以前の自分なら、剣蘭より後回しにされたことや嘘をつかれたことに怒ったり、信頼に足る恋人じゃないと思われていると判断して、落胆したり拗《す》ねたりしたかもしれないが、今は怒る気は少しもない。責めたいのに責められない顔というのは、常盤の思い違いだ。

実際には、責める気なんてまったくない顔をしているはずだ。

「俺に話したら、負担がより大きくなるような、そういう話だったのか？」

薔は常盤が座っているソファーに近づき、正面でも斜め前でもなく、隣に座る。

体中のどこにも触れなくても、同じソファーに座っただけで寄り添う感覚を得られた。

至極わずかな振動から、その存在をまざまざと感じ取る。

常盤がいつも着けているオリジナルの香りと、煙草と酒の匂いが混ざったこの空間は、薔が普段身を置いている、穢《けが》れなき竜生童子の世界とはまるで異なるものだった。

大人の世界に自ら飛び込み、トクトクと心音を高めている自分がいる。

「色々と……悩みはしたが、俺は、公開儀式を恙《つつが》なく済ませることは考えていない。どうあってもお前を他の男に抱かせたくはないし、剣蘭のことも守りたいからだ。……だが、公開儀式を中止するには相応の覚悟が必要になる」

「相応の……覚悟？」

「──もしも、使える手をすべて使い、お互いに折れるだけ折れて今回の公開儀式を無事クリアしたところで、教祖がおとなしくなるのは精々今年中くらいのものだ。お前が声を失って入院していた時は態度を軟化させたが、元気になった途端にこの有り様だからな。公開儀式の失敗でいくらか反省したとしても、見逃すのは十一月と十二月のみで終わり、来年の残り三回の儀式では、お前に狙《ねら》いをつけてくる。教祖はどうあっても南条《なんじょう》本家から神子を出す気だ。残る儀式の回数が少なくなるにつれて焦りだし、肉体審問を実施したり俺を学園から追放したりと、本来は通らない無茶でも通しかねない」

薔は常盤が酒に酔っていると思っていたが、グラスに視線を定めながら語られる言葉はいつもながら流暢《りゅうちょう》で、意識もはっきりしている様子だった。

「問題は、近々行われる公開儀式じゃない。教祖の存在を消さない限り、お前は何度でも狙われる」

常盤は目を伏せるなり手を伸ばし、薔が自分の膝《ひざ》に置いていた手を握る。

常盤が何を言いたいのか、相応の覚悟とは何を示しているのか──それがわかるようでわからなかった薔は、まさかと思いながら常盤の手を握り返した。

「教祖を、消すしかないと思っている」

「──常盤……！」

「現教祖が急死した場合、本来なら三年後に予定されている次期教祖選がすぐに行われることになる。現時点で、俺が第一候補に選ばれる可能性はゼロに等しく、最も有利なのは榊《さかき》だ。これまで行われた教祖選では、第一候補が教祖になっているため、厳しい状況ではあるが……それでも俺は、榊と葵《あおい》に勝って教祖になる。守りたいものを守り、この教団と学園を思い通りにするには、トップに立つしかないからだ」

「待ってくれ……よく、わからない。消すって、急死って……」

「西王子《さいおうじ》家は教団の暗部一族だ。やらないだけで、その気になれば難しいことじゃない」

知識としてなんとなくわかってはいても、実際に考えてはいなかった恐ろしい事実に、常盤が、教祖を暗殺する。一人の人間の命を奪う——それも、榊と楓雅《ふうが》の父親であり、実感はないが自分の父でもある人を殺すのだと思うと、目の前が真っ暗になった。

薔の心臓は引き絞られる。

「教祖は、お前の父親だ。あの人がいるからこそお前がいる。本来なら感謝してやまない存在だが……度を越した執着でお前を追い詰め、俺から奪おうとするなら話は別だ！」

突然声を荒らげた常盤に手を引かれた薔は、気づいた時には彼の肩に顎《あご》を埋《うず》めていた。

闇《やみ》の中からインテリアの輪郭が浮かんできて、今ここにある現実が見えてくる。

ソファーの上で常盤に抱き締められながら、彼の手が震えているのを感じた。

最終手段を取ると決めるまでの常盤の苦悩が、抱擁を通じて伝わってくる。

そんなことはやめてくれ、人として絶対にしちゃ駄目《だめ》なことだ——と、誰にでも言える当たり前の発言をしたところで、なんの意味があるだろう。

否定すればするだけ、常盤を独りにしてしまう。

共犯者になると誓ったのに、自分だけモラルを盾にして、善良な顔で逃げていいわけがない。それでも本気で止めたいなら、有効な代替案を出すべきだ。

——俺が教団の神子になると言えば済む話だけど、俺が優先したいのは、教祖じゃなく常盤だ。教祖を殺さずに済む方法を取ることで、常盤の心を傷つけることはできないし、俺はもう……正義感に任せて優先順位を間違えたりしない。

誰かのために、常盤の気持ちを犠牲にしない——そう決めた以上、薔が出せる代替案は何もない。友人も親も、血の繋《つな》がった兄も大切に思うけれど、誰を傷つけても、常盤と一緒にいられる未来を選ぶと決めたのだ。

俺が教団の神子になって、十年間我慢すればいいんだ……と、自分を犠牲にすることで常盤を苦しめるなら、他の誰かを犠牲にしてでも、利己的な悪の道を進む。

常盤と自分が離れ離れになる選択が、正義であるはずがない。

一緒にいることを決して諦《あきら》めない。それは絶対だ。

「俺は、何があっても常盤の味方だから」

「薔……」

「味方というより、共犯者だ」

教祖暗殺を容認する発言を、実際に口に出すと怖くなる。

常盤の肩越しに見る世界に、血の色のフィルターが被さって見えた。

赤黒く染まる視界の中心に、榊と楓雅が現れ、重なり合って教祖の姿に変わる。

まだ見ぬ父親が、髪を振り乱しながら苦しそうに胸を押さえていた。

目を剝《む》き、血を吐き、白い長衣《ながぎぬ》の裾《すそ》を乱して倒れ込む。

「――常盤……っ」

怖くて、もう何も見たくなくて、薔は常盤の身に縋《すが》りつく。

やっぱり駄目だ、それだけは駄目だ――今にも叫びそうになる唇を、常盤の隊服の肩に押し当て、黙らせる。

言葉の代わりに涙が込み上げ、じっとりと睫毛《まつげ》が濡《ぬ》れた。

背中に食い込む常盤の指に力が籠《こ》もり、痛いくらい強く抱かれる。

「このまま、お前を攫《さら》って逃げたい」

耳元に常盤の息が触れ、選び取れない選択肢を与えられた。

もしも学園から脱けだすことができたとしても、教団を捨てて、二人で逃げ回るような真似《まね》をするわけにはいかない。常盤は以前、自分が全能なら贔屓生全員を助けたいという趣旨のことを口にし、自分が教祖になった時のことを見据えていた。

教団や学園を改革できるかもしれない立場に生まれ、おそらく十五歳の時からずっと、教祖になって教団支配下の世界を変えることを考えてきたのだ。

奪われた弟の身を守るのが当初の目的だったとしても、弟だけを助けたらそれでいいと思っていたわけではない。常盤は、今と未来を変えたがっている。

善良なる多くの童子を救い、憐《あわ》れな神子を助けるのが彼の使命だ。

その意志を捨てて自分本位に逃げたら、常盤という人間を殺すことになる。

二人一緒なら、逃亡生活も悪くはない。幸せを感じることもたくさんあるだろう。

けれども、宿命により与えられた変革の可能性を放棄して、何も変えられずに終わった自分を肯定できるだろうか。榊らと戦う前から逃げだして、薔以外の誰も救えずに終わる人生を常盤に歩ませていいはずがない。それは教祖を暗殺することよりも遥かに重く彼に伸《の》しかかり、心を蝕《むしば》み、自我を根底から腐らせる気がしてならなかった。

「俺を攫ったら、どこに行くんだ？」

「——お前の行きたい所に行こう。まずは水平線や地平線を眺めて、塀の外に出たことを実感するんだ。車はもちろん、船にも飛行機にも乗ろう」

「いいな……想像しただけで、背中に羽が生えるみたいだ」

涙に濡れた上下の睫毛の間から、ぽろぽろと涙粒が零《こぼ》れ落《お》ちる。

夢のような時間は、今すぐ叶《かな》えるべきものではない。

自由で甘い日々に心を寄せながらも、常盤は逃げる道を選ばないだろう。

そして自分も、彼のアイデンティティーが崩壊するような道には進めない。

恋をして変化することと、その人ではなくなってしまうことは、まるで違う。

「お前と世界中を旅したい」

「うん……そうだな」

「サーキットにも連れていきたい。競馬場もいいな、馬を眺めるだけでも楽しめる」

「うん、行ってみたい」

話しながらも見つめ合うことはなく、いつまでも抱き合っていた。

お互いに見せられない顔を肩に埋めて隠し、いつか叶える夢を語る。

あれも見せたい、これも見せたいと、外の世界を知らない薔の想像が追いつかないほど語り続けた常盤は、最後に大きく息を吸い込み、薔を抱く手に力を籠めた。

「許してくれ」と、彼は言う。

薔は、間を置かずに何度も頷《うなず》く。

二人で選んだ道は逃げ道ではなく、人の道に背く悪の道だ。

その道を選んだ以上、最後は必ず頂点に上り詰めなければならない。他者を救う以外に償う術《すべ》はなく、二人だけの楽園に、真の幸福などあり得ないのだから——。

あとがき

こんにちは、犬飼《いぬかい》ののです。六作目をお手に取っていただきありがとうございます。ようやく北蔵《きたくら》家の葵《あおい》が動きだしました。大学生にしか見えない超美形パパです。贔屓生《ひいきせい》カフェには毎年違う名前がついていて、薔《しょう》の年はカメリアノワールだったのではないかと思っています。スイーツにCNと入れてくれた彩《あや》先生の遊び心に感激しました。いつも応援してくださる読者様と、美麗なイラストを描いてくださる彩先生、すべての関係者の皆様に御礼申し上げます。七作目は早く出そうです。よろしくお願い致します！

『ブライト・プリズン　学園に忍び寄る影』、いかがでしたか？
犬飼《いぬかい》ののの先生、イラストの彩《あや》先生への、みなさまのお便りをお待ちしております。
犬飼ののの先生のファンレターのあて先
〒112-8001　東京都文京区音羽２－12－21　講談社　文芸第三出版部「犬飼ののの先生」係
彩先生のファンレターのあて先
〒112-8001　東京都文京区音羽２－12－21　講談社　文芸第三出版部「彩先生」係

N.D.C.913 255p 15cm

犬飼のの（いぬかい・のの）

4月6日生まれ。

東京都出身、神奈川県在住。

『ブライト・プリズン』『愛煉の檻』『暴君竜を飼いならせ』『薔薇の宿命』シリーズなど。

Twitter、blog更新中。

講談社X文庫

white heart

ブライト・プリズン 学園《がくえん》に忍《しの》び寄《よ》る影《かげ》

犬飼《いぬかい》のの

●

2017年4月3日 第1刷発行

定価はカバーに表示してあります。

発行者――鈴木 哲
発行所――株式会社 講談社
東京都文京区音羽2-12-21 〒112-8001
電話 編集 03-5395-3507
販売 03-5395-5817
業務 03-5395-3615
本文印刷―豊国印刷株式会社
製本――株式会社国宝社
カバー印刷―半七写真印刷工業株式会社
本文データ制作―講談社デジタル製作
デザイン―山口 馨

ISBN978-4-06-286941-6